KB088981

일주일에 세 번,
동네문화센터에

"우리 나이야말로
자기주도학습에 최적화된 연령이지.
뭐든 입맛대로 배우는 게 최고 놀이야."

차례

## 2장 ㅣ 날마다 새롭게 배우며 놉니다

## 3장 | 놀고먹을 권리를 획득했습니다

노년 탐사
여정을

시작하겠습니다

만 65세, 지하철 무임 교통카드를 발급받는 순간 누구나 공식적으로 노인이다. 주민센터* 창구에서 태연한 척 경로우대증을 받아 들지만 머릿속에 작은 지진이 일어난다. 공짜 지하철이 기쁘면서도 살짝 서글프다. 마침내 할머니가 되었다는 실감이 이런 맛인가?

나의 친애하는 롱디 남편은 사과밭이 펼쳐진 대구의 한 골짜기에 산다. 호작질 전문가를 자처하며 목공과 별 보기, 약초 연구 등의 취미로 하루 24시간이 바쁘다. 몇 해 전에는 경북 청도의 작은 산속에 움막을 짓더니 자연인 놀이에 날 새는 줄 모른다.

딸과 아들은 결혼하지 않은 채 각자 독립해 온 가족이 주민등록상 1인 가구가 되는 진기록을 세웠다. 덕분에 나는 자유인 신분을 획득한 셈인가. '결혼한 독신주의자'라는 별난 정체성을 마침내 밝힐 차례다.

만 65세. 앞으로의 삶은 이제까지와 전혀 다를 것이

* 2016년부터 '행정복지센터'로 명칭 변경.

다. 늙는다는 건 낡아간다는 것. 몸과 마음이 낡고 병들어 천천히 죽어갈 일밖에 남지 않았다는 '현타'가 온다. 아찔하다.

거울 속의 나를 본다. 피부는 꺼칠하고 얼굴빛은 칙칙하다. 더 어두운 건 내 마음이겠지. 직장생활을 오래 해왔다고 하더라도 인적 네트워크는 더욱 가파르게 줄어들 것이다. 3년에 걸친 팬데믹으로 이미 인간관계는 구조 조정기를 거친 처지다. 왠지 내 영역이 더 쪼그라진 느낌. 이렇게 계속 초라해질 게 분명하다.

이제부터 진정 결핍되는 건 '새로움'일 테다. 밋밋한 하루하루가 쭉 이어지고, 설레고 신나는 일은 많지 않을 거라는 예감. 불길하다.


에잇! 무작정 집 밖으로 나가보지만 갈 곳이 마땅찮다. 걷다 보니 주민센터 앞이다. 부설 문화센터 간판도 보인다. 평소 지나치던 곳이지만 한번 들어가볼까? 로비에 있는 교육 프로그램 전단을 들여다본다. 근육 소실 예방 PT, 요가, 스트레칭, 필라테스부터 유화와 서예,

연필 스케치가 있다. 팝송교실, 노래교실, 라인댄스, 그리고 우쿨렐레와 하모니카까지 엄청 다양하다. 일본어와 영어, 중국어 강좌도 수준별로 몇 개씩 있다.

지자체마다 경쟁적으로 동네문화센터 성인 교육 프로그램을 강화하는 추세가 반갑다. 전문 학원이 아니어서 수강료도 비교적 부담이 없다. 게다가 30~50%까지 경로 할인도 제공한단다. 이처럼 잘 짜인 평생교육 인프라를 갖춘 나라에서 노년을 맞은 건 엄청난 행운이라는 생각이 든다.

그러니 바로 지금! 뭐든 입맛대로 골라 저질러볼까? 이제부턴 어엿한 시간 부자니까. 젊은 시절 해보고 싶었던 기타 레슨을 받거나 수채화를 맘껏 배울 수 있다. 탁구나 태극권으로 건강을 챙기는 것도 좋겠다. 이럴 때 배우지 않으면 또 언제 배우겠는가? 갑자기 새롭게 할 일이 생긴 것 같다. 뭔가 목표를 세워야겠다.


자식들이 독립하고 난 후 '빈 둥지 증후군'*을 겪는 노년 여성들이 많다. 나도 예외가 아니었다. 머리칼도 빗

지 않고 시름시름 앓던 어느 날 아침, 번개처럼 다가온 생각 하나! "그래, 둥지를 비웠으니 채우면 되지. 낡은 것 위에 새것을 더해보는 거야."

서울시50플러스 서부캠퍼스**에서 블로그 만들기 강좌를 수강한 게 시작이었다. 댄스스포츠와 펜화, 중국어까지 매해 한 프로그램씩 배우게 된 경위다.

우리 세대는 단군 이래 최초로 백세 시대를 맞았다. 남은 생을 무엇으로 어떻게 채워야 할까. 노년에 이른 모두의 큰 숙제다. 해답은 바로 지금, 노년기를 바라보는 자신의 생각을 바꾸기만 하면 된다. 우리 생애 '세 번째 30년'으로 정중하게 받아들이는 마음가짐을 장착하자는 말이다. 노년을 늙고 병들어 죽는 일밖에 남지 않은 여생 또는 죽음의 대기실로 생각하지 말고, 숨 쉬는 마지막 날까지 삶이라는 무대에서 자신이 주인공임을 잊

---

* 자녀가 대학에 입학하거나 취직, 결혼과 같은 이유로 독립했을 때 부모가 느끼는 상실감과 슬픔.
** 중장년층을 위한 통합지원정책을 추진하는 기관. 중장년 생애 설계 및 직업 교육과 취업 지원 등을 돕는다.

지 말자는 것이다.

분명한 사실 하나. 아무도 나의 행복을 위해 뛰어주지 않는다. 아무도 나만큼 나를 사랑하지 않는다는 뜻이다. 배우자도 자식도 각자의 삶을 산다. 반평생 그들을 위해 살아왔지만 드디어 나 자신을 제대로 바라볼 때가 온 것이다. 이제부터는 스스로 행복의 자가 발전기를 돌리는 수밖에 없다.

뭔가 배우는 것은 그 자체로 새롭다. 낯선 세계로 들어가는 일이 설레면서도 한편으론 두렵다. 그렇다고 골머리를 앓으며 공부할 필요는 없다. 배우는 게 어느덧 놀이가 된 나이인 만큼 하나하나 배우고 익혀가는 재미를 찾으면 된다. 그러다 보면 어느새 보너스 적립금처럼 쌓이는 것들이 있어 즐겁다. 진학이나 취업을 위한 공부가 아니어서 얽매이지 않는다. 그래서 우린 자유인이다.

누군가는 나를 '일반적이지 않은 할머니'라고 표현한다. 그럴지도 모른다. 하지만 노년이란, 그리고 할머니란 이래야 한다는 고정관념을 벗어던지기만 하면 지금까지와는 전혀 다른 새로운 세상을 만날 수 있다. 타인의 시선 따위 신경 쓰지 않을 때 더 자유로워진다.

여성 노인들이 모두 나처럼 살아야 한다는 말은 아니다. 다만 지금까지와는 다른 눈으로 조금 더 명랑하게 세상을 보는 것, 나쁘지 않다. 배움을 통해 스스로 새로움을 만들어내는 것이야말로 우리의 노년과 이번 생에 대한 예의가 아닐까.

2023년 11월
정경아

1장

공부하러?
아니, 놀러

동네문화센터에
갑니다

이런저런 일로 골머리를 썩일 때도 책가방을 메고 한바탕 나갔다 들어오면, 오히려 머릿속이 맑아진다. 집안에 우환이 생겨도 공부한답시고 문화센터에 꼬박꼬박 갈 정도다. 이건 나만의 이야기가 아니다. 클래스 메이트들도 이구동성으로 말한다. "일상 속 작은 공부 루틴이 때로 나를 지켜주는 것 같다."고.

왜

하필

동네문화센터냐면

말이지

나는 두 곳의 문화센터에 다닌다. 서울시 강남구 개포동에 있는 개포2문화센터와 수서동에 있는 강남스포츠문화센터다. 개포2문화센터는 주민센터 부설 기관으로 양재천 산책로 옆에 자리해 있다. 내 걸음으로 집에서 센터까지 25분 걸린다. 왕복 50여 분이라 하루 걷기 분량을 채워주니 일석이조. 수인분당선 개포동역과는 3분 거리다.

이곳에서는 월요일과 수요일 오후 4시 30분부터 50분간 중국어 수업을 듣는다. 집중력이 한 시간을 넘어가지 못하는 나에게 딱 맞춤한 시간이다. 현재 강사는 랴오닝성 단둥 출신의 한족 네이티브 스피커 쑨(孫) 선생이다.

내 목표 출석률은 겸손하게 50%다. 대구에 사는 남편 집을 오가며 반반살이 하는 처지라 결석을 밥 먹듯하기 때문이다. 하지만 동네문화센터에선 잘리는 법이 없다. 몇 번 결석해도 진도를 대충 따라갈 수 있다. 그결과 2년 만에 중국어 능력 검정시험인 HSK 4급을 통과했다. 시험장에서 시험 감독관으로 오해받기도 했으니 내가 최고령 수험생인 게 분명했다. 갈수록 나빠지는 시력을 핑계로 5급 도전은 사양했다. 교재의 자잘한 글씨들이 두통을 유발했던 까닭이다.

전문 중국어 학원과 달리 동네문화센터는 문턱이 낮다. 일단 나이 제한이 없다. 50~70대 맞춤형 교육기관이라 눈치 보지 않고 자유롭게 드나들 수 있다. 동네에 있어 접근성도 최고다.

일주일에 두 번, 50분씩 수업을 받으니 한 달이면 대략 8시간이다. 경로 할인까지 받아 한 달 수강료는 2만 원. 수강 의욕을 부채질하는 이런 혜택을 누리지 않으면 손해 아닌가.

또한 숙제가 없고 시험도 없다. 50~70대 수강생을 배려한 조치다. 중국어 수준을 빠르게 높이고 싶은 열혈 학생이라면 답답해 못 견딜 만큼 진도도 느리다. 그럴 경우 HSK를 목표로 학생들을 쉴 새 없이 몰아붙이는 전문 학원으로 가는 것이 답이다.

수강생들은 성실하다. 복습과 예습을 빼먹지 않는

다. 시험에 대한 스트레스가 없으니 강의실 분위기는 마냥 평화롭다. 매월 마지막 주엔 한 타임 청강도 가능하다.

또 다른 동네문화센터인 강남스포츠문화센터에서는 한국 전통춤을 배운다. 지하철역 두 정거장 거리라 날씨가 맑으면 걸어서 오가기도 한다. 일주일에 한 번, 금요일 오후 80분 수업이다. 어쩌다 보니 불금 춤꾼이 된 나!

지금 배우는 춤은 '진주교방굿거리춤'이다. 손목 춤사위가 섬세하고 화려한 춤으로, 강사인 최 선생은 '빛나는 예술가상' 수상자이자 무형문화재인 이 춤의 이수자이기도 하다. 수강생은 30여 명으로 대부분 인근에 사는 50~70대 여성들이다. 근교 도시에서 오는 이들도 있다. 이사를 간 뒤에도 춤 수업을 끊지 못한 댄서들이다.

역시나 경로 할인 혜택을 받아 월 수강료는 2만 원. 지상 3층에 위치해 공기가 맑은 것도 마음에 든다. 대개 댄스 강의실은 진동과 소음을 우려해 지하에 위치한 경우가 많다. 어느덧 공기의 질을 엄청 신경 쓰게 된 노년 댄서들에게 3층 연습실은 꿈의 공간이랄까.

이곳에는 두 군데 이상 문화센터를 다니며 댄스를 연마하는 열정가 언니들도 여럿 있다. 하남에 사는 친구는 목요일엔 광진문화예술센터에 가고 금요일엔 수서로 온다. 10년 이상 춤을 연마해온 터라 몸놀림이 거의 프로의 경지다. 수업 시간에 입는 연습용 치마를 직접 만들 정도로 훌륭한 바느질 솜씨까지 장착해 다른 수강생들의 부러움을 자아낸다. 그의 전직은 포목점 사장. 사업을 그만둔 후 평생 꿈꾸던 춤에 뛰어들었단다. 다음 생은 댄서로 예약이라도 한 듯 춤사위 익히기에 여념이 없다.

가끔은 단체로 춤 공연을 관람하러 간다. 현역 댄서들의 춤을 보는 것도 중요한 공부이기 때문이다. 클래스메이트들 중 일부는 공연에 참가하고 싶어 하지만 나는 그저 춤을 출 뿐이다. 아무 생각 없이 몰입하는 순간을 누리는 게 좋다.

중국어도 춤도, 동네문화센터만큼 편하게 배우고 뛰놀기에 만만한 곳이 없다. 그래서 나는 오늘도 즐겁게 동네문화센터라는 놀이터로 향한다.

어쩌다
중국어

삼매경

전혀 모르는 외국어를 배우는 게 치매 예방에 좋다고 말한 친구가 있었다. 귀가 솔깃했다. 동네문화센터의 '중국어 첫걸음' 강좌에 등록한 건 2017년 1월. '매년 한 가지씩 지금까지 해보지 못한 일 저지르기'를 부르짖으며 60대 초반에 배우기 시작했다. 햇수론 벌써 7년째다. 월요일과 수요일 오후, 중국어 교재 한 권과 돋보기를 넣은 배낭을 메고 문화센터로 걸어간다.

참고로 나는 영어영문과를 졸업하고 생계형으로 영어를 썼다. 직장생활 30여 년 내내 영어를 입에 달고 살아야 했다. 영어로 브레인스토밍 할 때면 지능지수가 50 정도 떨어지는 느낌마저 받곤 했다. 그런 내가 또 다른 외국어에 눈을 돌리다니. 영어와 헤어질 결심으로 택한 중국어? 스스로 생각해도 웃긴다. 왜 하필 중국어를 선택했냐는 질문을 받을 때마다 대답은커녕 실실 웃고 마는 이유다.

어쨌거나 나이 60 넘어 만난 중국어는 낯설었다. 내가 알던 한자가 아니었기 때문이다. 요즘 쓰이는 중국어는 간체자다. 학창 시절 배웠던 번체자는 옛 중국어인 셈이다. 중국의 현대화 과정에서 어렵고 복잡한 한자들이 간단한 형태로 바뀌었단다. 때문에 중국어 단어들이 많이 낯설었다. 배울 학(學)이 간체로 学, 나라 국(國)은 国으로 바뀌었으니 한동안 헷갈릴 수밖에. (반면 대만은 번체자 체계를 유지하고 있다.)

중국어 수업은 읽기와 듣기, 문장 만들기 방식으로 진행된다. 우선 강사님을 따라 큰 소리로 교재를 읽는다.

"입을 쩍쩍 벌리고 얼굴 근육을 최대한 움직이면서 읽어보세요." 강사님의 말에 마치 초등학생으로 돌아간 것처럼 소리 높여 읽는다. 평소 자주 사용하지 않는 입 주변 근육을 움직이려니 왠지 우스꽝스럽고 어색하다. 수강생들과 서로의 얼굴을 쳐다보며 쿡쿡 웃는다.

돌아가면서 문장을 읽고 연습 문제를 푼다. 배운 단어를 수시로 까먹는 처지라 엉뚱한 성조로 발음하거나 문장을 잘못 해석하는 경우가 많다. 말을 배우는 두 살 짜리 아기처럼 기발한 문장을 만들어내기도 한다. 동료들의 웃음보가 터진다. 실수는 배우는 자의 특권일뿐더러 다른 이들을 즐겁게 한다.

중국어 공부를 시작한 지 3년 만에 코로나19 사태가 터지며 문화센터가 폐쇄됐다. 그 후 몇 달이 흘러 비대면으로 강의가 재개됐지만 비대면 수업의 효율은 만족스럽지 않았다. 그래도 공부는 계속됐다. 학생 수는 줄어들어 폐강될 거라는 소문까지 돌았고, 그사이 원어민 강사는 두 번 바뀌었다.

다행히 코로나19 상황이 진정되면서 문화센터가 다시 문을 열었다. 학생 수도 회복됐다. 대부분 근처에 살거나, 살다가 이사 간 50~70대 학생들이다. 중국어 초급반을 개설해 달라는 주민들의 요청도 늘고 있다. 팬데믹을 겪고 난 후유증으로 노년의 학구열이 불타오르는 동네가 된 걸까?

배운 지 7년째라고 뻐기긴 했지만 내 중국어 실력은 신통찮다. 일상에서 쓰는 중국어 몇 마디를 할 수 있고 간단한 물음에 겨우 대답할 수 있는 수준. 그것도 강사님이 또박또박 질문할 때나 가능하다.

가장 좌절하는 영역은 듣기 능력. 중국인들의 일상적인 중국말은 속도가 너무 빨라 알아듣기 힘들다. 강의 시간에 배운 정확한 성조와 또박또박한 발음을 실생활에서 기대하기 어렵다.

중국 표준어인 보통화는 베이징 표준어다. 만다린이라고도 불리며 14억 중국 인구 중 3분의 1이 사용한다. 장강 아래 상하이 중심의 남방어와도 많이 다르고, 지방마다 다른 사투리를 쓰는 데다 소수민족 언어까지 있어 중국인들끼리도 의사소통이 힘든 경우가 많다고 한다. 같은 중국 내에서도 TV 뉴스가 자막을 달고 방영되는 이유다.

하지만 어느 공부인들 쉽겠는가? 공부를 하다가 막힐 때면 첫 수업 시간에 강사님이 칠판에 썼던 구절을 되씹곤 한다. "부파만즈파짠(不怕慢只怕站)." 느리게 가는 것을 두려워 말고, 오직 중단하는 것을 두려워하라는 뜻. 옳은 말이다.

　물론 중국어를 배워 취직할 것도 아니고 승진 요건
이 되지도 않는다. 강력한 동기 부여는 기대할 수 없는
나이. 한마디로 느슨한 학구열이다. 그렇기에 스스로 재
미있지 않으면 계속하기 어렵다. 게다가 많은 일이 그렇
듯이 공부에도 슬럼프가 찾아오기 마련이다. 때려치우
고 싶은 좌절의 순간들은 모든 배움의 과정 중 넘어야
할 산이다.

그런데 신기한 게 있다. 이런저런 일로 골머리를 썩일 때도 책가방을 메고 한바탕 나갔다 들어오면, 오히려 머릿속이 맑아진다. 집안에 우환이 생겨도 공부한답시고 문화센터에 꼬박꼬박 갈 정도다. 이건 나만의 이야기가 아니다. 클래스 메이트들도 이구동성으로 말한다. "일상 속 작은 공부 루틴이 때로 나를 지켜주는 것 같다."고.

이미 나에게 중국어와 중국 공부는 삶의 한 부분을 차지한다. 방대한 영토만큼 어마어마한 문화 콘텐츠를 지닌 이웃 나라를 제대로 탐색할 기회. 노년에 스스로 찾아낸 횡재랄까.

나뿐 아니라 누구에게든 노년은 오래 벼르거나 미뤄왔던 것을 시작하고 이어가기 좋은 시기이다. 그러니 그게 무엇이든 우선 찾아내기를 추천한다. 시작은 반이다. 나머지 반은 웃는 얼굴로 오래오래 가보는 것. 혼자보다는 관심사를 공유한 이들과 어울려 가는 방법이 더 좋겠다.

그래서 우리의 중국어 공부는 함께 간다. 나이 먹은 수강생들과 "너무 잘하지 말자."고 서로의 발전을 은근 방해하면서 말이다. 이렇듯 '티끌 모아 중국어' 놀이는 느릿느릿, 그러나 쭉 계속될 전망이다.

동네문화센터에
모여든

5070
친구들

60대 후반에 접어드니 가족과의 관계가 많이 바뀌었다. 남편과의 관계가 특히 그렇다. 밥 먹으러 식탁에 앉을 때 말고는 종일 집에 있어도 서로 옆집 사람처럼 군다. 최우선 관심사이던 딸과 아들이 독립한 뒤부터다. 별 대화가 없고 공통분모가 사라진 사이랄까.

그러니 각자 이야기 상대가 필요하다. 함께 콧바람을 쐬고 커피 마실 사람이 있으면 좋겠다. 나란히 길을 걸을 사람이 있으면 좋겠다. 함께 점심을 먹어주는 사람은 귀인이다. 집을 나와도 갈 곳이 점점 마땅찮아지는 나이. 이럴 때 친해지면 좋은 곳이 바로 동네문화센터다.

현재 내가 다니는 중국어 수업반에는 15명의 50~70대 수강생들이 있다. 각자 살아온 배경은 다양하다. 절반은 퇴직자다. 전직 물리 교사부터 전직 무역업계 주재원이나 공무원, 중국이나 대만에서 몇 년씩 살다 온 이도 여럿이다. 그리고 나처럼 치매 예방 활동으로 중국어 공부를 택한 이들까지 다채롭다.

산둥성 주재 한중무역회사 10년 근무 경력의 퇴직

자 한 분은 그동안 갈고닦은 중국어 실력을 잃고 싶지 않아 수업을 등록했단다. 물론 지난 경력이 아무리 화려해도 문화센터 강의실 안에서는 모두와 평등한 학생 신분이다. 미국 물이나 중국 물 좀 먹은 전업주부들도 있다. 외국어를 공부하는 게 취미라는 50대 한 분은 스페인어와 일본어까지 동시에 배운다. 취미생활 중 가장 돈이 적게 들어 시작했다는 그는 언어마다 각기 다른 문법이 헷갈리지만 재미있단다.

흥미로운 사실 하나는 우리 반 수강생들이 동년배 중국인보다 한자를 훨씬 많이 알고 쓸 수 있다는 것이다. 이건 강사인 쑨 선생의 평가다. 중국의 문맹률이 높은 이유는 한자가 복잡해 배우기 어렵기 때문이라는 게 정설. 세상에서 제일 쉬운 한글을 만들어주신 세종대왕님께 언제나 감사할 따름이다.

이미 터놓은 대로 내 중국어 실력은 초짜 수준에 머물러 있다. 명색이 중급반이지만 어디 내놓을 건 못 된다. 반면 50분 수업이 성에 안 차는 클래스 메이트 몇몇은 내친김에 곧바로 이어지는 고급반 수업까지 듣는다. 유튜브에 즐비한 중국어 고수들의 채널을 몇 개씩 구독하는 '열공파'다. 그들 중 중국어를 배운 지 5년 된 내 뒷자리 남학생은 중국어를 자유로이 구사할 정도다. 이미 중국 작가 위화의 소설 『인생』을 원서로 읽는 동급생도 있다. 올해의 과제로 삼아 1년 동안 독파할 예정이란다. 각자의 실력이 어떻든 중국어와 중국 역사, 문화에 대한 관심은 우리 모두 드높다.

그들의 실력과 열정이 부럽다. 하지만 난 태평하다. 어차피 티끌 모아 중국어이니 배움의 속도나 강도 조절은 내가 한다. 지속 가능한 페이스는 각자 다를 터. 신통찮은 실력이나마 그냥 쭉 앞으로 가는 재미도 제법 쏠쏠하다. 공부가 부담이 되면 오래 못 간다.

바야흐로 백세 시대. 노년기의 평생학습원으로 삼아 최소 10년 이상 다닐 수 있는 동네문화센터가 늘어나고 있다. 관심이 있다면 구립이든 시립이든 또는 민간단체든 검색하고 발로 뛰어 찾아보길 권한다. 배움을 놀이로 삼는다는 것, 즐겁지 않은가? 우리 베이비부머 세대는 그 즐거움을 누린 최초의 세대로 기록될 행운아들이다.

아무 말
중국어로

떠드는
치맥의 룰

중국어 클래스 메이트들과 한 달에 한 번꼴로 회식을 한다. 7명에서 9명 사이, 대개 치맥을 즐기거나 근처 맛집으로 향한다. 때로는 양꼬치에 맥주를 곁들이는 '양꼬치맥'을 먹는다. 계산은 더치페이라 한 번에 2만 원 정도 각출한다.

　　우리를 하나로 묶어주는 건 바로 공통의 스트레스. 나이 60 넘어 남의 나라말을 배우는 게 쉬울 리 있나? 해마다 내리막길인 기억력을 붙잡고 스마트폰 사전에서 단어를 찾아가며 외우고 쓰느라 눈이 빠질 지경이다. 기껏 외워도 일주일만 지나면 그 단어들이 거의 생면부지로 보이는 걸 어쩌란 말인가. 이래저래 때려치우고 싶을 때가 한두 번이 아니다.

　　그래서 이놈의 공부에는 뒤풀이가 필요하다. 혼자 낑낑대는 고달픔을 나눌 때 우리는 동지가 된다. 저장 기능이 오락가락하는 부실한 두뇌를 탄식할 때 서로 위로받는다.

　　일단 맥주 한 잔을 들이켜자마자 애써 배운 중국어

문법을 내다 버리는 증세가 나타난다. 동사와 부사의 배치 순서 따위 모른 척하며 너나없이 문장을 내지른다. 비문인 걸 알면서도 떠들어대곤 마주 보며 깔깔 웃는다. 속이 시원하다.

이럴 때는 중국 맥주를 마셔줘야 한다. 그렇다고 중국어가 술술 나오는 것도 아니건만. 누군가는 칭다오가 더 입맛에 맞는다 하고, 또 누군가는 하얼빈 맥주가 덜 알려져서 그렇지 더 낫다는 평을 하기도 한다. 술맛을 잘 모르는 나로선 할 말이 없다.

누군가 검색을 시작한다. 칭다오 맥주 회사는 19세기 말 독일이 산둥반도를 조차한 후 1903년에 영국인과 독일인이 설립했다. 하얼빈 맥주 회사는 1900년에 러시아 상인이 헤이룽장(흑룡강)성의 성도인 하얼빈에 세웠다고 한다. 중국과 러시아 접경지인 까닭에 당시 만주와 러시아를 잇는 철도 건설 현장의 러시아 노동자들에게 팔기 위한 목적이었다나. 그러니까 중국 최초의 맥주 브랜드는 하얼빈 맥주란 이야기다.

이렇듯 함께 밥을 먹으면서 단편적 지식을 하나씩 얻어듣는 재미도 찾는다. 특히 중국인이 운영하는 양꼬치집의 메뉴판은 놓칠 수 없는 교재. 음식 이름을 읽으며 그 속에 담긴 정보를 탐색하는 재미가 있다.

예를 들면, 중국식 볶음면 차오미엔(炒面)의 앞 글자는 요리의 방식, 즉 볶음을 뜻한다. 라찌아오러우띵(辣椒肉丁)의 앞 두 글자인 라찌아오(辣椒)는 매운 고추, 뒤의 러우띵(肉丁)은 주사위 모양으로 네모지게 썬 고기다. 그러니까 한마디로 매운 돼지고기볶음이다. 훈툰(馄饨)은 고기랑 채소를 잘게 다져 넣어 만든 손만둣국으로 훈툰에 국수를 넣으면 훈툰미엔(馄饨面)이다. 때로는 강사님도 회식에 동참해 중국 음식에 관한 이야기를 들려준다. 맛있는 현장 학습이다.


중국어반 회식 자리에서는 믹스 언어 현상도 발생한다. 최근 일본 청소년들 사이에 번지고 있다는 한본어, 즉 한국어와 일본어를 섞어 쓰는 놀이와 비슷하다. 한본어는 일본의 젊은 층이 한국 드라마나 영화를 통해 귀에 익은 한국어를 일본어에 끌어들인 것이다. "아 랏소데스(알았어요)." "닥치시나사이(닥치세요)." "마지 코마워(정말 고마워)." "체고카요(최고예요)." "친챠소레나 (진짜 그래)." "테바이(대박이다)." 등이 있다.

물론 한국어와 중국어의 믹스는 한본어처럼 통용 되진 않는다. 다만 중국어 학습 중에 일어나는 믹스 언 어 현상은 자연적이라고 할까. 예를 들면 "그 사람 메이 여우(沒有) 양심이야."는 양심이라고는 없는 사람이라 는 뜻이고, "워더라오꽁시거(我的老公是个) 꼰대."는 내 남편은 꼰대라는 의미다. 이런 식으로 한국어와 중국어 를 마구 섞어 쓴다. 중국어 어휘 실력이 달리는 처지다 보니 중국어 어순으로 말하되 막히는 명사나 동사를 엉 겁결에 우리말로 끼워 넣는 방식. 이중 언어 지대에서 피할 수 없는 융합 또는 상호 침투다.

"No 꽌신(关心)(관심 없어)?" "쎼쎼닌더(谢谢您的) help(도와주서서 감사합니다)."처럼 중국어에 영어를 섞 어 쓰는 경우도 발생한다.

이러니 스스로 '야매 다중언어 능력자'라고 비웃으면서도 중국어 놀이에 신이 난다. 믹스 언어 현상은 언어의 순수성을 일정 부분 훼손한다는 비판을 받기도 하지만 본디 언어란 서로 섞이면서 널리 퍼지고 힘을 얻는 것 아닐까?

방과 후 치맥, 중국 러버들의 아무 말 중국어 대잔치는 이렇게 무르익어간다.

영화와
드라마로

중국어
공부해볼까?

1970년대 초반, 고등학생이었던 나는 뜻밖에 무협 영화에 입문했다. 홍콩 영화 〈돌아온 외팔이〉가 시작이었다. 그 영화를 통해 난생처음 중국말을 접했다. (정확히는 광둥어로 제작됐다.) 당시 살던 집에서 가까웠던 모래내시장 어딘가에 동시 상영관이 있었다. 개봉한 지 오래된 영화를 두 편씩 묶어 보여줬고, 개봉관보다 값이 많이 쌌다.

나는 곧장 남자주인공 왕우의 광팬이 됐다. (또래 여학생들이 할리우드 영화 속 꽃미남 배우들에게 빠져 있던 무렵이니 내 취향은 조금 이단이었던 걸까?) 대역이나 CG가 없던 시절, 왕우의 무협은 말 그대로 리얼 액션이었다. 영화의 스토리는 단순하다. 억울한 누명을 쓴 부모가 죽고 멸문지화를 당한 주인공이 원수의 무리를 찾아내 복수하는 이야기다. 제목이 말해주듯 어린 소년은 부모뿐 아니라 팔 한쪽을 잃는다. 원수를 향한 증오를 엔진 삼아 중증 장애를 무릅쓰고 무공을 연마한다.

몇 년의 세월이 지난 후 스승이 말한다. "더 이상 가르칠 게 없다. 하산하라." 드디어 때가 온 것이다. 그는 마침내 원수의 무리를 찾아내 처절하게 응징한다. 때마침 해 질 녘. 그는 피 묻은 옷자락을 바람에 날리며 지평선 쪽을 향해 표표히 길을 떠난다.

나는 그 엔딩 신을 좋아했다. 엔딩을 보기 위해 조금 지루한 무공 연마 장면과 칼싸움 장면을 견디며 영화를 여러 번 봤다. 그러나 복수에 성공한 그의 표정은 그다지 기뻐 보이지 않는다. 왜일까? 지금껏 삶을 지탱해온 목표를 이룬 성취감보다 감정의 무중력 상태에 돌입한 듯 보이던 표정. 부모의 원수를 갚는 데 삶의 모든 것을 걸었기에 그것이 성공함으로써 목표는 사라졌다. 그 순간의 감정적 소용돌이가 그를 일종의 진공 상태에 빠뜨린 걸까.

어쨌든 그는 복수심과 증오의 감옥에서 스스로의 힘으로 벗어난다. 이제 삶을 리셋해야 한다. 그는 피와 땀으로 범벅이 된 몸을 일으켜 침묵 속으로 먼 길을 떠난다. 그의 외로움과 무표정한 얼굴이 나는 좋았다.

나는 가난한 집안 사정과 시원찮은 학교 성적으로 불우한 여고 시절을 보냈다. 수학뿐 아니라 물리, 화학까지 몽땅 포기했던 나에게 미래 따위는 보이지 않았다. 사투리를 쓴다고 약간의 따돌림도 겪었다. 학교에 가기 싫어 식은땀을 흘리며 잠에서 깨곤 했다. 사춘기를 통과하던 내 마음속 외로움이 길 떠나는 외톨이 주인공의 정서와 조우한 걸까? 혼자서 모래내시장 부근을 쏘다니다 만난 왕우, 아니 떠도는 검객에게 걷잡을 수 없이 밀려오는 불안한 감정을 과도하게 이입했다.

　　다만 그 시절 나는 깨달았다. 삶은 저마다 짊어진 짐이며, 누구의 도움도 기대할 수 없음을. 하나의 여정을 끝낸 그가 사라진 지평선 너머에는 알 수 없는 또 다른 과제가 기다리고 있음을. 나처럼 외로운 누군가가 또 있다는 사실에 위로받던 시절이었다.


　　〈돌아온 외팔이〉를 시작으로 중국 영화에 흥미가 생기면서 닥치는 대로 중국 영화와 드라마를 봤다. 그 관심이 지금까지 쭉 이어져 중국어를 공부하는 데 많은 도움을 얻고 있다. 중국인의 생활 문화와 가치관에 대한 이해를 돕는 교과서 역할을 하기도 한다. 등장인물들이 먹는 음식이나 방문하는 여행지를 구경하는 재미도 있다.

하지만 영화나 드라마로 중국어를 공부하는 건 사실 쉽지 않다. 할리우드 영화나 드라마로 영어 공부하는 것보다 훨씬 어렵다. 중국인들이 말하는 속도가 우리말보다 최소 1.5배 빠르게 느껴지기 때문이다. 그나마 사극은 속도가 조금 느린 편이라 주로 고장극*을 즐겨 본다. 강사님은 현대물을 보는 게 공부에 더 효과적이라고 강조하지만, 무엇이든 도움이 되리라 생각하며 노력을 멈추지 않는다.

중국 영화와 드라마를 보며 중국어 듣는 귀를 트이게 하려던 야심 찬 계획의 성과는 아직 미미하다. 단어는 들리는데 문장은 들리지 않는다. 좀 섭섭하지만 아무렴 어때? 앞으로 30년은 더 보고 들을 작정인데. 게다

---

* '고전복장극'의 준말로, 옛날 의상을 입는 드라마를 말한다. 사극이나 무협, 신화, 판타지 등 고대를 배경으로 한 드라마를 포함한다.

가 어느 정도 역사적 사실에 기반하고 있는 스토리 라인이 많아 역사와 문화를 덤으로 재밌게 배우니 그거면 된 것 아닐까?

한중일

할머니

삼국지

TV 예능 〈미운 우리 새끼〉에 등장하는 중노년 '엄마'들을 보는 게 가끔 불편하다. 이미 내 품을 떠난 자식의 일상을 여러 대의 카메라로 들여다보는 게 과연 온당한 일인가? 그들은 이미 독립한 개체가 아닌가 이 말이다. 엄마는 꼭 자식의 일거수일투족에 관심을 가져야 하나? 엄마라고 해서 사생활 영역을 침범할 권리를 부여받은 건 아닐 텐데. 그 프로그램이 인기가 많다는 사실도 다소 불편하다.

다양한 예능 프로그램이 있지만 '그랜마 예능'이란 장르는 없다. 물론 여성 노인들이 등장하는 프로그램이 아예 없진 않다. 다만 낯익은 연예인의 노래 솜씨나 맛깔진 언변을 구경하는 정도에 그친다. 60대 이후의 노년 여성들을 좀 더 진지하게 받아들이는 방송 프로그램의 탄생을 기다리는 이유다.

중국어를 배우는 나는 '한중일 할머니 삼국지'를 구상해본다. 순전히 내 멋대로! 동북아 3국인 한국, 중국, 일본의 할머니가 만나 함께 시간을 보내며 서로 알아가고 친해지는 프로그램이랄까. 물론 엇비슷한 연배가 좋겠지. 60대 중후반이 괜찮을 것 같다. 상대의 모국어를 하나쯤 아는 건 도움이 되지만 절대 필요 요건은 아니다. 영어가 통하면 더 좋고, 아니면 번역기의 도움을 빌릴 수도 있다.

그럼 본격적으로 '한중일 할머니 삼국지'의 윤곽을 그려보자.

먼저 서울이든 베이징이든 도쿄든 한곳에 모두 모인다. 한 나라에서 프로그램을 수행하고, 다른 두 나라를 차례대로 방문하는 방식이다. 자기소개로 시작해 함께 지낼 일주일의 일정과 구체적인 프로그램을 의논하고, 필요하다면 일부 수정한다. 예를 들면 이런 것이 있겠다.

- 각 나라의 음식 한 가지씩 배우고 가르치기
- 각 나라의 노래 한 곡씩 배우고 가르치기
- 각 도시의 3국 관련 명소 방문하기

- 세 나라 역사 중 접점의 한 시대나 사건에 대해 논평하기
- 서로의 친구들 소개하기
- 평화의 상징 장소 방문하기
- 한중일 문화 전문가와 함께 3국 간 이해 증진을 위한 방안 이야기하기

준비 과정에서 더 좋은 아이디어가 있다면 추가한다. 두 나라의 할머니 친구들을 우리 집에 초대해 홈스테이를 해보는 것도 좋을 것 같다. 한국, 중국, 일본 영화 한 편씩을 보며 이야기를 나누는 건 어떨까? 동네를 투어하는 재미도 있겠지. 양재천 산책길을 걸으며 대화를 하고, 집 근처 단골 카페에서 커피를 마시고, 문화센터에 데려가 함께 수업을 들은 뒤 클래스 메이트들과 치맥을 즐기는 상상을 하는 것만으로도 벌써 즐겁다.

'한중일 할머니 삼국지'는 누가 누가 잘하나 경쟁을 목적으로 하지 않는다. 물론 서로 간 약간의 신경전 비슷한 눈치 보기는 자연스럽게 발생할 것이다. 하지만 참

가자들은 그 옛날 삼국지의 영웅들처럼 패권을 다투지 않는다. 단지 3국 간 평화를 도모하기 위해 모여서 논다. 할머니들이 원하는 건 동북아 3국이 각국의 이질성보다 동질성을 더 많이 알아내 서로를 이해하고 존중하는 세상이다.

요즘 세 나라 사이엔 극단적 혐오가 들불처럼 번지고 있다. 감정적으로 쏟아내는 혐한, 혐중, 혐일의 날 선 언어들이 인터넷에 난무하는 현실. 서로를 향한 비호감 지수가 해마다 상승한다는 보도를 종종 접한다.

할머니들은 바란다. 어느 한 나라가 다른 나라에게 으르렁대며 전쟁 위협을 하지 않기를. 전쟁이라는 단어가 사전에서 아예 삭제되는 시대가 오기를. 아니, 그런 시대를 만들고 싶다. 금덩이 같은 손주를 전쟁터로 보내고 싶은 할머니는 세상에 없기 때문이다.

그런 까닭에 동북아 3국이 서로의 문화 속 아름다움을 발견하고 칭찬하는 경합을 보고 싶다. 각국의 역사 속 정치적·경제적·문화적 성취를 축하하며, 서로 닮

기도 하고 다르기도 한 문화가 함께 꽃피기를 기원하는 축복의 한마당 말이다. '한중일 할머니 삼국지'가 3국 간 평화 배틀이 되어야 하는 이유다.

함께
꿈꾸는

중국
여행

코로나19 사태가 터지기 전, 관광차 짧게 다섯 번 정도 중국을 여행했다. 하지만 앞으로의 중국 방문은 나에게 '관광'이 아니라 '두근두근 수학여행'이 될 것 같다. 글자를 조금 알게 됐고 말도 조금 할 수 있기 때문이다. 지금까지와는 다른 눈으로 중국을 '발견'할 준비가 되었달까.

중국어 공부를 시작한 계기도 단순하다. 중국에서 중국말을 알아듣고 싶었다. 중국인들과 대화도 해보고 싶었다. 중국어 공부꾼들과 함께 떠나는 여행은 어떤 모습일까? 어디로 가서 무엇을 보든 예전보다 이야기가 풍부할 것이다. 즐거운 일정을 상상해본다.

인천에서 두 시간 거리인 베이징이나 난징부터 시작해야겠지. 두 도시는 여러 왕조의 수도였다. 도시 역사 자체가 콘텐츠의 보물섬이다. 베이징에 살았던 친구에 의하면 먼저 베이징 패키지여행으로 시작하란다. 만리장성이나 이화원 등 관광 명소들을 한바탕 훑어본 다음 개별 여행으로 연장해 후통의 골목길이나 관심 있는 지역을 걸어서 둘러보라는 것이다. 클래스 메이트들과 서툰 중국어를 내뱉으며 이곳저곳을 걷는 모습은 상상만 해도 즐겁다.

난징도 유서 깊은 왕도. 1937년 난징대학살의 상처가 깊게 파인 곳이라 곳곳에 있는 관련 유적을 둘러보는 건 다소 고통스럽다.

상하이는 이 두 도시에 전혀 뒤지지 않는 매력을 내뿜는다. 야경과 뱃놀이로 유명해진 황푸강변 와이탄은 중국 근대사의 '핫플'이다. 1844년, 청나라 황제는 와이탄 일대를 영국의 조계지로 지정했다. 아편전쟁에 패한 결과 외국인 통치 특별구로 내준 것이다. 이후 서양 제국주의 열강의 자본이 투입되기 시작했다. 유럽식 건축양식의 건물이 많아 이국적 분위기가 물씬 풍긴다.

상하이의 옛 향기에 듬뿍 취한 다음엔 루쉰 공원과 동방명주탑, 그리고 무엇보다 상하이의 오늘을 봐야겠지. 푸동 지역엔 하늘을 찌를 듯 솟아 있는 고층 건물이 즐비하다. 그곳의 삶을 다 알지는 못하겠지만 길거리 카페에 앉아 오가는 시민들을 보고 싶다. 넷플릭스 시리즈 〈겨우, 서른〉이 떠오른다. 찬란한 도시 상하이에 자리 잡기 위해 고군분투하는 서른 살 동갑내기 세 여성의 따뜻한 우정과 연대를 그린 작품이다. 작품 속 주인공들처럼 나의 클래스 메이트들과 거리를 거닐며 중국어로 하나 된 우정을 뽐내고 싶다.

쑤저우나 항저우는 상하이에서 멀지 않다. 이미 가본 적 있지만 또 가고 싶다. 무엇보다 쑤저우엔 세계문화유산 졸정원이 있다. 16세기 명대에 지어진 개인 정원이라는데 그 규모에 입이 쩍 벌어진다. 둘러보려면 최소 반나절이 걸리는, 한마디로 장강 이남인 강남의 역대급 정원이다. 내가 애정하는 중국 드라마 〈홍루몽〉의 세트장으로 쓰이기도 했다.

쑤저우에 있는 절 한산사는 8세기 당나라 시인 장계가 쓴 시 「풍교야박」으로 유명하다. '당시 300수'에 올라 있는 「풍교야박」의 무대는 한산사 밖 풍교다. 시인이 작은 배를 타고 긴 여행을 하다가 풍교 다리에 이르러 날이 저물었던 모양. 그곳에 배를 정박하고 하룻밤을 보낸다. 과거시험에서 세 번 낙방한 후라 심란한 시인은 강가의 단풍과 고기잡이배의 등불을 바라보며 잠 못 이룬다. 날이 새기를 기다리지만 한산사에서 들려오는 종소리가 아직 한밤중이라는 것을 알려준다.

어둡고 으스스한 늦가을 밤, 나뭇잎처럼 작은 배와 고시 낙방생의 쓸쓸한 내면 풍경이 어우러진 시 한 수로 장계는 중국 문학사에 이름을 올렸다. 실패 덕분에 성공한 시인이라니! 그리고 한산사는 덩달아 관광 명소로 이름을 떨치게 되었다.

항저우의 서호에 처음 간 건 2009년 7월 22일, 무려 개기일식이 일어난 날이었다. '500년 만의 우주쇼'라는 언론의 호들갑에 넘어간 남편은 나에게 비행기 티켓 두 장을 내밀었다. 평소 망원경으로 별을 보는 게 취미인 까닭에 개기일식을 놓치고 싶지 않았다나.

삽시간에 달에 먹혀버린 태양뿐 아니라 한낮인데도 컴컴한 호숫가에 모여 와글대는 항저우 사람들을 구경하는 재미까지 있었다. 어마어마하게 큰 호수 서호는

「적벽부」를 지은 송대의 시인이자 정치가 소동파가 제방을 쌓은 곳으로도 유명하다. 그는 멋진 시를 썼을 뿐 아니라 중국의 대표 음식 동파육을 만들어낸 사람이기도 하다.

아직 가보지 못한 진시황릉이 있는 시안의 옛 이름은 장안으로, 당나라의 수도이기도 했다. 실크로드를 통한 교역의 중심지답게 서역 문물이 쏟아져 들어와 색다른 매력을 지닌 곳이다. 그 외, 꼭 가보라는 말을 들은 곳 중 하나는 사막 도시 둔황이다. 세계문화유산이 된 석굴사원으로 유명하다. 중국을 다채로운 문화의 용광로로 만든 소수민족들의 거주 지역도 가보고 싶다.

중국 러버는 이래저래 급해진다. 마음 맞는 사람들과 중국 한달살이 여행을 계획해야 할 지경이다. 너무 늦기 전에!

불어라

춤바람!

누군가 말했다. 5천만 국민이 '나이 보너스'를 받은 것 같다고. 새 정부 정책에 따라 2023년 6월 28일부터 만 나이 통일법이 시행됐기 때문이다. 작년 나이로 한 번 더 살게 되는 한 해라니, 영화 속 마법 같지 않은가. 지금까지도 법적으로는 만 나이가 표준이었다. 하지만 한국식 나이 계산법이 엄연히 존재해온 것이 현실. 두 개의 나이를 안고 평생 헷갈리며 사는 게 한국인의 운명인 줄 알았는데 일종의 횡재라면 횡재랄까.

그래서 나와 친구들은 바빠졌다. 공평하게 1년씩 젊어진 것 같은 한 해를 어떻게 살아야 하지? 남부럽지 않게 멋진 일을 벌여야겠다고 쑥덕쑥덕하지만 들뜬 환호는 잠시일 뿐. 신체 나이는 당연히도 그대로이기에 현실을 더 무겁게 만든다.

정초에 어지럼증으로 대학병원을 찾은 친구는 뇌혈관 협착으로 수술 날짜를 잡았다. 그 말을 시작으로 단체 채팅방엔 각자 앓고 있는 온갖 병명이 쏟아진다. 족저근막염이나 무지외반증 때문에 걷는 게 고통스러워졌다는 하소연은 약과다. 오랜 당뇨병으로 잇몸이 약해진 탓에 치아 여섯 개를 임플란트 해야 하는 친구에게 치과는 곧 스트레스다. "나 혼자만 아픈 게 아니라는 사실이 유일한 위로."라는 누군가의 말에 빵 터진다.

그러고 보니 엉덩이 근육이 줄어들면서 어느 순간 지하철의 딱딱한 의자가 불편해졌다. 등허리 근육도 많이 빠져서인지 서로 좋은 매트리스나 토퍼를 추천하기 바쁘다. 백내장이나 녹내장, 황반변성 같은 안과 질환도 부쩍 늘었다.

나이 들고 있다는 자각증세 중 하나는 "나이보다 젊어 보인다."는 말이 듣기 좋아진다는 것이다. 사실은 이미 젊지 않기에 젊어 보일 뿐인데. 약간의 연민이 실린 립서비스지만 때로는 팩트 폭행에 가깝다. 한 친구가 우리를 선동한다.

"얘들아, 비굴하게 젊어 보이려 애쓰지 말자. 매력 있는 할머니 클럽, 뭐 이런 거 만들어보는 게 어때? 각자 나만의 시그니처 매력 하나씩 발굴하기. 이거 숙제야."

시그니처 매력이라. 친구의 말을 듣고 고민 끝에 나는 '진주교방굿거리춤'을 택했다.

*

세상에는 춤추는 사람과 춤추지 않는 사람이 있다. 물론 내 분류 기준이다. 40대 후반, 바야흐로 시작된 갱년기에 나는 갑자기 춤에 빠졌다. 댄스스포츠라 불리는 지르박, 차차차, 자이브를 조금씩 배웠다. 직장 동료들과 스포츠문화센터와 사회복지관, 그리고 평생대학원의 강좌를 찾아다녔다.

50대 후반엔 한국 전통춤에 입문했다. 구민회관 프로그램을 통해 이매방류 입춤과 산조춤을 익혔다. 그런데 열정이 지나쳤던 탓일까. 갑작스러운 인대 파열로 춤을 중단할 수밖에 없었다. 몸을 자유롭게 움직일 수 없다 보니 점점 춤에 대한 관심도 식어갔다.

춤이 다시 나에게로 온 건 올해 초다. 우연히 유튜브

에서 진주교방굿거리춤을 보고 단번에 반했다. 동영상 속 춤동작을 따라 해보며 나 홀로 거실 춤판을 벌였다. 하지만 그걸로는 성에 차지 않아 당장 폭풍 검색을 시작했다.

찾아간 곳은 진주교방굿거리춤 전수자인 원미자 선생이 있는 광진문화예술회관. 그 춤의 인간문화재였던 고 김수악 선생(1926~2009)의 구음에 맞춰 춤을 추는 게 특징이다. 한마디로 표현하면 유혹의 춤으로, 자르르 흐르는 교태가 매력적이다. 자유분방한 손목 놀림과 섬세하고 부드러운 어깨 움직임, 내딛는 버선발 동작에 실린 우아함까지 그대로 댄서의 언어다. 들을수록 중독되는 마성의 구음을 남긴 김 선생은 조선시대 3대 명문 기생 양성 기관이었다는 진주교방 출신의 천재 댄서다.

오가는 길이 멀고 수업 일정이 맞지 않아 몇 달 후에 강남스포츠문화센터로 옮겼다. 예상대로 첫 수업부터 몸이 삐거덕삐거덕. 이미 반년 넘게 춤을 익혀온 클래스 메이트 댄서들의 동작을 정신없이 곁눈질하며 팔다리를 휘젓는다. 왜 이렇게 어렵지? 친절한 그들은 민망해하는 나에게 따뜻한 격려를 건넨다.

이런 처지에 놓인 자에게도 좋은 점은 있다. 잘하는 선배들을 맘껏 칭찬할 수 있다는 것이다. "어쩜 그렇게 손목 스냅이 유연하세요! 정말 정교한 춤사위네요." 바로 앞줄에 선 댄서 언니에게 말하니 살짝 부끄러워한다. "계속하다 보면 누구나 다 되는 거예요. 결석만 하지 마세요."

또 다른 60대 댄서가 웃는 얼굴로 다가온다. "반가워요. 지금까지 제가 제일 못했는데, 신입이 들어와 너무 좋아요." 나 덕분에 꼴찌를 면했다고 기뻐하다니! 하하, 나도 덩달아 기분이 좋다. 젊었을 때 이런 소리를 들었다면 "뭐 이런 사람이 다 있어?"라고 반응했을 터. 하지만 내가 있어서 꼴찌를 면한 누군가가 기쁘다니 이거야말로 꼴찌를 담당한 자의 보람이 아니겠는가. 나이 먹는 게 즐거운 이유란 바로 이런 것이다.

문제는 쇠퇴 일로인 뇌세포다. 간신히 동작을 외워도 저장 기능이 시원치 않다. 일주일에 하루 수업인데,

한 번 결석이라도 할라치면 그동안 익힌 동작마저 거의 삭제될 지경이라 이래저래 의기소침해진다. 하지만 조급함은 금물. 내 목표는 인간문화재가 아니다. 단지 재밌으려고 추는 춤이다. 80분 동안 뱅그르르 돌고 팔다리 휘저으면서 놀면 그만이다. 초심을 되찾는다. 휴.

춤의 좋은 점 중 하나는 몸의 밸런스 유지에 도움이 된다는 것이다. 양손잡이가 아닌 이상 한쪽 손과 발을 주로 쓰는 생활습관 때문에 신체의 좌우 균형이 살짝 어긋나 있기 마련. 오른손잡이인 나의 경우 춤을 추다 보면 왼발을 들어 버티는 힘이 상대적으로 약하다는 걸 알아차리게 된다. 춤을 출 때 들숨과 날숨에 맞춰 아랫배 단전에 힘주기를 반복 연습하는데, 이게 코어 근육 단련에 은근 도움이 된단다. 운동을 싫어하는 이들에게 강력 추천하는 이유다.

그런데 조금만 뛰어도 시큰거리는 내 발목이 과연 언제까지 협조해줄까? 다섯 번 연속 빙그르르 도는 춤 사위를 감당해낼 수 있을까? 자신은 없다. 그렇지만 해

보기 전엔 알 수 없지. 꼭 잘해야 하는 것도 아니다. 가다가 못 가면 그만이다. 또 한 가지, 20대의 몸과 마음으로 추는 춤이 있다면 60대, 70대의 몸과 마음으로 추는 춤도 있을 것이다. 춤에는 댄서의 지나온 삶과 생각이 실리게 마련이니까.

중국어가 그런 것처럼 춤 역시 함께하는 친구가 있으면 더 오래 지속 가능하다. 내가 춤을 배우기 시작한 것도 같은 아파트에 살던 옛 직장 동료의 추천 덕분이다. 무엇이든 함께 시작할 친구, 함께 오래 걸어갈 친구가 있으면 배움은 더 신나는 놀이가 된다.

춤은 내 영혼에 일종의 점화 기능을 발휘한다. 머릿속에 꼬마전구가 반짝 켜지는 순간처럼, 문득 지상에 발을 딛고 살아 있는 순간의 기쁨을 실감 나게 해준다. 황홀하다. 어쩌면 다음 생에는 댄서로 태어날지도 모르겠다.

목표는

출석률

50%

나이 50 무렵, 살고 있던 아파트를 리모델링했다. 새 단장한 집에 놀러 온 직장 선배가 나에게 책상을 가져보라고 권했다. 아이들에겐 각자의 책상이 있었지만 내 책상은 없었다. 마침 큰아이가 조금 더 큰 책상을 원해 새 책상을 사준 뒤 큰아이가 쓰던 낡은 책상을 안방에 놓았다. 그러자 남편이 노트북을 선물했다. 내가 글을 쓰기 시작한 건 그때부터다.

작은 책상은 내 삶을 완전히 바꿨다. 갱년기 무기력증에 시달리며 소파에 누워 TV 리모컨만 돌려대던 주말의 풍경이 변했다. 근무 중에 가끔 떠오르는 생각들을 메모하기 시작했다. 설거지하다 말고 젖은 손으로 수첩을 집어 들기도 했다.

글을 쓰기 시작하자 50년의 삶 자체가 곧 스펙이자 콘텐츠라는 걸 알게 됐다. 나는 20세기 중반, 나주평야 지대에서 태어나 광주를 거쳐 서울에서 학교를 다녔다. 경주 출신의 남편을 만나 서울과 대구에서 두 아이를 낳아 키웠다. 주말부부로 지내며 일터와 집을 오가면서 몸과 마음이 동시에 너덜너덜해질 무렵 덮친 갱년기.

하지만 뜻밖의 글쓰기로 명랑 중년이라는 반전을 맞았
으니!

나에게 책상을 권했던 선배처럼 나도 후배들에게
가능하다면 자기 책상을 가지라고 말한다. 화장대가 아
닌 책상 말이다. 책상에서 뭘 하냐고? 시를 읽고 그림을
그린다. 우쿨렐레를 연습하고 비즈 공예를 한다. 외국어
를 배운다면 복습과 예습을 한다. 내키면 일기도 쓴다.

물론 식탁을 사용해도 되는 일이긴 하다. 다만 내
책상을 갖겠다는 건 독자적으로 꿈꾸고 행동하겠다는
마음가짐 또는 선언이다. 배우자나 자식, 또는 주위 사
람들에게 필요 이상으로 휩쓸리지 않겠다는 주체성의
표식이랄까. 정신과 영혼의 독립을 되찾겠다는 결의이
기도 하다면 너무 비장한가?

이미 밝혔듯이 동네문화센터에서 중국어를 배우든
춤을 배우든 목표 출석률은 50%다. 높지 않은 목표다.
내 체력이나 심리적 에너지 레벨보다 높게 잡을 경우 쉽

게 무리가 오기 때문이다. 친구들은 이런 나를 보고 '탱자파 열공'이라고 놀려댄다. 하지만 젊은 날보다 집중도를 낮춘 덕분에 블로그 만들기와 댄스스포츠, 그리고 펜화를 싫증 나지 않게 배울 수 있었다.

누군가 묻는다. 우리 나이에 배워서 뭐 할 거냐고. 너무 늦어서 쓸모없지 않냐는 눈빛이 역력하다. 대답 대신 그냥 웃는다. 굳이 반박하지 않는다. 내 방식을 상대방이 받아들여야 한다고 생각하지 않기 때문이다.

"배워서 남 주냐?"라는 말이 있다. 배우면 내 재산이 된다는 뜻이겠지. 하지만 배워서 남에게 준다면 더 좋은 것 아닐까? 할 수만 있다면 배운 거 남에게 주고 싶다. 그렇지 못하더라도 배움의 자세를 갖추거나 유지하는 건 나름 괜찮지 않은가 생각한다.


베이비부머로 불리는 1955~1963년생 여성들은 이전 세대 할머니들과 많이 다르다. 한국전쟁 후 복구가 진행되며 본격적으로 의무 교육이 시작된 덕분이다. 독자적으로 생각하고 마음먹은 대로 도전할 배짱과 능력이 있다.

딸로서, 아내로서, 엄마로서 이번 생의 숙제를 웬만큼 해치웠다면 괜찮은 인생이다. 불만은 없다. 그런데 왠지 조금 허전하다. 사랑하는 가족, 집이나 차로도 채워지지 않는 텅 빈 구석을 부정할 수 없어서다. 내 인생은 여기까지인가? 남은 선택지는 없는 걸까? 나에게 질문을 던진다. 답은 스스로의 힘으로, 각자의 방법으로 찾아내야 한다.

그 좋은 방법 중 하나가 공부다. 새로운 지식을 습득하고 다양한 사람들과 연결되면서 내 세계가 확장된다. 어릴 때는 부모 손에 이끌려서, 그다음엔 학교에서 하라는 대로 고분고분 공부를 해왔지만 이제부턴 다르다. 사실상 난생처음 스스로 공부거리를 선택하는 자기주도학습기에 들어선 것이다.

나 스스로 원하는 능동적인 배움이기에 공부는 비로소 즐거운 놀이가 된다. 작지만 소중한 문화센터 루틴이 만들어진다. 지금까지 몰랐던 세계와 접속되며 눈을 뜬다. 우물 안 개구리였음을 인정하는 순간 우물 안을 조금씩 벗어난다. 세계가 확장되고 삶의 테두리가 넓어진다. 유튜브에 관심사를 검색하다 보면 콘텐츠의 보물섬을 발견할 수도 있다.

"빨리 가려면 혼자 가고 멀리 가려면 함께 가라." 이 아프리카 속담은 대한민국에 사는 나에게도 진리다. 여러 번 말했듯이 뜻을 같이하는 이들과 어울려 걷는 공부 길은 단조로운 삶을 바꾼다. 탁구든 외국어든 춤이든, 일상에 작은 루틴이 자리 잡을 때 발생하는 약간의 스트레스가 치매 예방에 효과적이라는 이야기도 있다. 긴장된 뇌세포가 뇌 기능을 활성화시킨다나.

뭔가를 배우기 시작할 때, 그 작은 변화가 노년의 삶을 재점화시킬 수 있음을 믿어보자. 지금 시작해도 전혀 늦지 않다.

2장

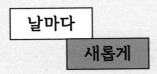

날마다 새롭게

배우며 놉니다

누군가는 크고 작은 병이나 가족관계 갈등을 끼고 산다. 누군가는 황혼 육아와 가족 간병이란 책임 의무로부터 자유롭지 못하다. 이렇게 늙어가는 일밖에 남은 게 없는 것인가. 각자 다른 양상으로 외롭다. 그래서 우리는 모여서 함께 놀기 시작했다. 놀되, 뭔가를 배우면서 놀기를 더 좋아한다는 공통점이 우리를 더 단단히 묶어준다.

다들
무사히

할머니가
되시라

천하무적 대한민국 중년 여성들이 딱 한 가지 무서워하는 게 있다. 바로 나이 먹는 것이다. 다들 죽는 것보다 나이 드는 것을 더 겁내는 듯하다. 갱년기를 무사히 통과해 나이 60에 이를 즈음, 두려움은 스멀스멀 그들의 영혼을 잠식하기 시작한다. 공식적으로 노인 딱지가 붙는 만 65세가 불과 5년 앞이기 때문이리라.

법률 나이를 손댈 수는 없는지라 자신의 신체, 특히 얼굴에 손댈 엄두를 내기도 한다. 처진 눈꺼풀을 끌어올리는 수술이나 시술 정보를 친구들과 공유한다. 기미와 주름 방지 비법을 수소문하고 주고받으며 우정을 다진다. 노력이 헛되지 않았는지 "젊어 보인다."는 소리를 듣고 기뻐한다.

만 65세는 오고야 만다. 나를 포함한 동갑내기들은 일시에 약간의 멘탈 지진을 겪었다. 누군가는 우울증과 무력감을 토로했다. 몇몇은 콜레스테롤 지수, 무릎 관절과 척추 통증, 심장 기능이 악화 일로라며 의기소침해졌다. 쓸모없는 인간으로 신분 강등되는 느낌이 노년기 진입의 통과의례였다고나 할까.

그리고 1년 후, 우리는 언제 그랬냐는 듯 다시 쾌활해졌다. 바로 그 쓸모없는 인간으로 누리는 홀가분함 덕분이다. 더 이상 자신이 쓸모 있는 인간임을 증명하지 않아도 된다. 유능한 척, 잘난 척 자신을 포장하거나 연기할 필요가 없다. 숨 막히는 사내 경쟁이나 업무 강박 같은 압박감을 용케도 피해 나온 생존자인 우리. 자식들 의무 양육 기간도 끝났으니 이제 신나게 살 일만 남지 않았나.

'지금까지 해보지 못한 일 저지르기'를 노년의 첫 과제로 선정하자 '국영수' 인생이 순식간에 '예체능' 인생으로 바뀌었다. 라인댄스, 우쿨렐레, 아코디언, 동영상 만들기, 수채화, 요가…. 쟁여놓기만 했던 위시리스트가 좌악 펼쳐졌다. 팬데믹 속 집콕령에 기복을 겪으면서도 SNS 덕분에 우린 연결되어 있었다. 서로의 변화를 보고하고 응원과 격려와 성원을 아끼지 않았다.


다들 어딘가 조금씩 아프다. 신부전, 고혈압, 당뇨

같은 기저질환도 있다. 나를 비롯해 심각한 저시력으로 책을 읽기 힘들어진 친구도 늘어난다. 치매 염려증도 생겼다. 그럼에도 불구하고 노년 탐사는 이미 시작됐다. 에이징은 한 번도 가보지 않은 길이다. 그리고 이 길의 끝은 죽음이다.

바로 이 사실 덕분에 앞으로의 나날을 더 쫄깃하게 사는 것 외에 다른 선택은 없다. 지금까지 경험하지 못한 자잘한 시도를 해보기에 이보다 더 좋은 타이밍은 없지 않을까. 더 이상 늦고 싶지 않기 때문이다.

손가락이 짧아 피아노 배우기를 포기했던 한 친구는 지하철 무임 교통카드 발급 기념으로 평소 위시리스트 중 하나였던 피아노 학원에 등록했다. 코로나19 방역 강화 조치로 수업이 중단됐을 때도 '손가락 힘 기르기' 연습만큼은 쉬지 않았단다. 무엇보다 아주 즐거워 보인다. 친구는 말한다. "아침에 눈 뜨면 오늘 치 분량을 빨리 연습하고 싶어 벌떡 일어난다니까. 나, 전생에 피아니스트였나 봐. 하하하."

그렇다면 나는? 음, 남편이 사는 대구 골짜기 길냥

이들에게 무료 급식을 시작했다. 그 결과 그들이 집 마당에 눌러앉아버리긴 했지만.

가슴을 설레게 하는 뭔가를 발견했다는 것. 이것이 야말로 할머니 생활의 최대 행운이다.

어떤 왕언니가 말했지. "이번 생의 목적은 가능한 모든 체험을 해보는 것."이라고. 그래, 안 가본 길도 기웃대고 싶다. 넘어지고 멍들고 코가 깨질지도 모른다. 그럼 좀 어때. 별로 잃을 것도 없는걸.

딸의 '외손주 황혼 육아' 요청에 고민하다 사돈과 반반씩 책임지기로 했다는 친구가 말했다. "사돈네랑 이야기가 잘돼서 반반 육아로 합의했어. 조금 이기적으로 살지 않으면 내 노년이 황폐해질 것 같아서." 그의 영리한 전략에 기립박수를 보냈다. 조금 또는 많이 이기적인 할머니가 되는 게 노년기 삶의 질을 높인다는 데 이견이 있을 리가 없다.

생로병사의 풀코스를 무사히 완주한 뒤 자연사하기. 친구들과 나의 새로운 목표다. 물론 행운이 받쳐줘야겠지만.

K-그랜마,
자기주도학습에

나서다

오미크론 바이러스가 창궐 중인 2022년 3월 하순, 60대 후반 여고 동창 30여 명이 모교에 모였다. 격주로 열리는 '서양미술사' 강좌를 듣기 위해서다. 장소는 동창회 사무실이 있는 건물 지하 카페. 강사도 동창으로 서양미술 전문가다. 친구에게 맞춤형 고급 강의를 듣는 행운을 누리다니. 흔치 않은 시추에이션!

2주 전 화요일엔 파리의 거리 미술을 사진으로 감상하며 강사를 따라 파리 시내를 두 시간 동안 쏘다녔다. 2년 넘게 나라 바깥으로 나갈 수 없는 비상 상황이라 그림의 떡이 된 파리를 그렇게나마 만났다.


존댓말과 편한 말을 섞어 쓰는 강의가 정답고 유쾌하다. 오늘 주제는 '작가 에밀 졸라와 19세기 프랑스 미술'이다. 영국발 산업혁명의 영향으로 19세기 중반 프랑스에 등장한 새로운 사고방식과 예술 양식에 초점이 맞춰진다. 왕실과 귀족이 독점하던 부가 신 기계문명의 부상으로 부르주아지에 의해 재분배되는 사회적·경제적 변화는 세계를 바라보는 사고체계를 바꿔놓았단다.

세잔과 졸라를 이야기하면서 19세기 중반 유럽의 정치적·경제적·사회적 권력 이동 배경에 대한 설명을 곁들이는 강의, 전혀 지루하지 않다. 아직 여덟 번이나 남은 강의가 갈수록 기대된다. 강의료 20만 원이 아깝지 않다.

코로나19 사태 이후 동창회는 2년 넘게 거의 손을 놓고 있었다. 그러다 서양미술사 강좌를 조직한 건 열혈 예술 애호가들이다. 강사를 굳이 밖에서 찾을 필요 없이 동기 내 인재를 발굴하거나 기용하는 게 핵심. 시니어 전문 교육기관의 프로그램에 참가하는 것과 결이 완전 다르다. 퇴직 전 글로벌 기업에서 일했던 친구가 앞장섰고 동창회 지도부가 민첩하게 움직였다. 강좌의 뼈대를 잡은 후 장소 섭외와 수강생 모집 범위 등이 속속 결정됐다. 동창들을 주축으로 가까운 친구들까지 범위에 넣었다. 신이 난 친구들로부터 김밥과 샌드위치 협찬이 쇄도했다.

1955년생 68세 양띠 친구들. 무사히 할머니가 된

후 모여 앉아 묻힐 뻔했던 각자의 이름이 불리는 기쁨을 맛본다. 학창 시절 너나없이 국영수에 집중했던 영혼들이 예체능으로 개종한 듯, 미술과 건축과 음악과 춤의 맛에 빠져들었다. 한 번뿐인 인생을 너무 좁게 살았다는 억울함과 분함이 이뤄낸 쾌거랄까.

누군가는 크고 작은 병이나 가족관계 갈등을 끼고 산다. 누군가는 황혼 육아와 가족 간병이란 책임 의무로부터 자유롭지 못하다. 이렇게 늙어가는 일밖에 남은 게 없는 것인가. 각자 다른 양상으로 외롭다. 그래서 우리는 모여서 함께 놀기 시작했다. 놀되, 뭔가를 배우면서 놀기를 더 좋아한다는 공통점이 우리를 단단히 묶어준다.


마음속에 새로움이 결핍될 때 인간은 늙고 낡아가는지도 모른다. 배움은 부족해진 새로움을 채워 넣으려는 안간힘일 것이다.

가만히 친구들을 바라본다. 각자의 생애에 담긴 경험과 지식의 합은 실로 방대할 것이다. 그뿐인가. 인생의 쓴맛, 단맛으로 발효 숙성된 인격과 경륜이 도저한 경지에 이른 눈빛들이 여기저기 보인다.

친구들은 말한다. 우리 나이야말로 자기주도학습에 최적화된 연령이라고. 뭐든 입맛대로 배우는 게 놀이 중 최고라고. 시도 때도 없이 배우고 익히는 즐거움을 듬뿍 누릴 시간이 아직 남아 있다는 건 행운이다. 미술사 강좌 다음으로 메타버스를 공부해보자는 의견이 속출한다. 너무 어렵지 않게 이야기를 풀어가는 능력자를 섭외하자는 것이다.

우리는 그다지 일반적이지 않은 집단일지도 모른다. 그러나 어쩌면 5천 년 한반도 역사 최초로, 동시에 전 지구적으로 가장 교육을 많이 받은 할머니 집단의 등장과 진화를 상징하는 건 아닐까?

우리는 그다지 겸손하지 않다. 인고의 화신이니, 헌신과 희생의 아이콘 같은 허울 좋은 포장을 벗어던진다. 우리는 노년을 발전 도상의 여정으로 인식한다. 젊은 친구들에게 배울 게 많아서 기쁘다. 지식뿐 아니라 영성도 중요 화두가 되어간다. 지구적 생태에 관심을 기울이는 한편, 이웃 나라 사람들이 행복하지 않으면 우리도 행복할 수 없다는 사실을 뼈저리게 알아가고 있다. 쌓이는 집단 교양과 함께 할머니 세대가 집단지성체로서 기능하고 행동하는 주체가 되는 때가 올까? 그건 가봐야 알 것이다.

함께 써 내려갈 K-그랜마들의 이야기, 엄청 기대된다.

오래된
친구들을

새로 사귀는
기술

화려한 고교 동창 인맥을 자랑하는 50~60대 남자들은 드물지 않다. 고위직 관료나 기업인과 고교 선후배 사이여서 업무상 도움을 받았다는 이야기도 심심찮게 듣는다. 왠지 씁쓸하다. 그들의 끈끈함이 누군가의 불이익으로 이어졌을 것 같아서다.

이 땅의 여성들이 남성들만큼 찐한 고교 동창 간의 우정에 기대어 사회생활을 할까? 통계가 없으니 잘 모르겠다. 남성 중심의 조직문화가 강고하게 지속된 나라여서 여성들이 기대할 수 없던 영역이기 때문이기도 하겠지. 내 경우 그저 외따로 떨어진 채 사회생활을 한 축에 속한다.

여고를 졸업한 지 거의 50년. 광화문통에 있던 학교가 강 건너 우리 동네로 이사했다는 것 정도 말고는 모교에 대해서 별다른 관심이 없었다. 그러던 지난봄, 서양미술사 강좌가 만들어지면서 동창 모임에 나가게 된 것이다.

다시 만난 옛 친구들은 새 친구들이다. 내가 그렇듯

이 그들도 50년 전의 그들이 아니다. 전업주부로 살았든 직장 퇴근 후 집으로 출근하며 살았든, 우리 모두는 각자의 파란만장을 버텨냈다. 직장만큼이나 빡센 커리큘럼이었던 결혼생활. 나만 그렇게 느꼈을까?

결혼하며 맞닥뜨린 배우자 집안과의 문화적 차이나 이질감에 대처하며 화학적 결합에 이르는 지혜를 어떻게든 터득해냈을 것이다. 한편 임신과 출산, 20~30년에 걸친 양육만큼 각자의 삶을 변화시킨 게 있을까? 내 경험을 일반화시키는 위험을 무릅쓰고 말하자면, 이 새로운 삶의 가장 놀라운 부분은 자신의 안위보다 다른 누군가의 안위가 더 중요해지는 마법을 체험하게 된다는 것이다. 부모라는 배역이 아니면 거의 경험하기 힘든 '스스로 낮아짐'이랄까.

여고 졸업 후 뛰어든 시간 속에서 우리는 달라졌다. 누군가는 가진 돈이 많고 누군가는 적다. 누군가는 잘나가는 자식을 자랑하고 누군가는 가만히 듣고만 있는다. 누군가는 극강의 동안 미모를 뽐내고 누군가는 퇴

행성 관절염을 호소한다. 누구든지 어떤 부분은 성공했고 어떤 부분은 실패했다.

각자 처한 상황이 다름에도 불구하고 우리를 다시 한데 불러 앉힌 건 무엇일까? 바로 생애 최대 과제인 나이 먹기를 앞두고 있어서다. 누구든 평등하게 늙어가고 있어서 유쾌하다. 동지애가 발생하는 시점이다.

더 이상 누구도 자신의 행복이나 행운을 과장하거나 홍보하지 않는다. 몇몇은 자식을 남부럽지 않게 키우기엔 성공했으나 그들과의 거리두기에 실패했음을 고백한다. 암 생존자인 한 친구는 투병 후 세상을 보는 관점이 바뀌었다고 말한다. 부동산 재테크 능력이 뛰어나 친구들의 부러움을 샀던 그는 항암 치료를 받던 중 이제 돈을 좀 쓰고 살아야겠다고 결심했단다. "돈을 모으려고만 했지 한 번도 써보지 못한 게 후회됐어. 돈이란 건 움켜쥐고 있는 만큼 다 내 것인 게 아니야. 쓰는 만큼만 내 돈이겠더라고."

그래서 그는 친척, 친구들에게 온라인 쇼핑으로 자잘한 선물을 보내고 이런저런 명분으로 밥을 샀다고 했다. 아프리카 난민을 돕는 NGO에도 정기 후원을 시작했단다. '남보다 먼저 큰 병을 앓은 이의 지혜'라는 건 헛말이 아니었다.

우리를 덮치려는 재앙에 대한 토론도 피할 수 없다. 친정과 시댁 부모 부양에 나름 애썼지만, 자식들에겐 부양 서비스를 기대할 수 없는 낀 세대에게 창궐하는 노후 염려증 때문이다. 사전연명의료의향서를 지금 작성해둬야 한다는 의견도 많다. 2022년 6월 발의된 '조력존엄사법'의 귀추에도 너나없이 관심을 갖는다. 최대 현안은 여성 평균수명 약 90세까지 남은 여정을 어떤 콘텐츠로 채워야 할지다.


열띤 분위기를 식힐 겸, 독거노인인 나는 이른 저녁에 혼술을 즐기기 좋은 이자카야 정보를 구한다. 제각각 현장 답사 후 단톡방에 올리기로 한다. 홀로서기의 정보력은 역시 여럿이서 힘을 합하는 게 최선!

연금 축소보다 근육 감소가 노후 복지에 더 치명적이라고 말하는 친구에게 엉덩이와 허벅지 근육을 유지하는 꿀팁을 전수받는다. 식당에 혼자 가서 삼겹살 구워 먹기에 도전한 친구의 '무용담'에 모두 부러움과 감탄을 연발한다. 60대 후반으로선 쉽지 않은 쾌거라서다.

여고 시절의 앳된 모습은 사라졌지만 우리는 지난 시간 동안 진화했다. 육십갑자 한 바퀴를 돌아 꽃처럼 아름다운 화갑(華甲)까지 치렀다. 한 친구가 말한다. "젊었을 때 내 안에 들끓던 억울함도 원망도 어디론가 사라졌어. 참 신기하지. 미워 죽겠던 남편에 대한 좋은 기억만이 남았다는 게. 미칠 것 같던 결혼생활이 지금 생각해보면 고강도 수행 프로그램 같아. 이번 생에서 겪고 배워 통과해야 할 그 무엇이랄까."

다른 친구가 고개를 주억인다. "맞아, 60년을 살고 났더니 이젠 모든 게 좀 담담해. 가족들이 너무 사랑스럽지도 너무 밉지도 않고, 그저 적당히 사랑하게 되더라. 어떤 사람들은 다시 한번 젊은 시절로 돌아가고 싶다고 하던데 난 절대 아니야. 다시 그 난리 블루스를 벌여야 한다면 너무 힘들 것 같아. 젊은 건 한 번이면 족해." 다들 고개를 <u>끄덕끄덕</u>.

그렇게 우리는 아주 오래된 친구를 새로 사귀기 시작한다. 서로의 자잘한 성취를 칭찬하고 아픔을 나누기로 한다. 한 생애의 세 번째 30년을 함께할 동지들을 애틋하게 바라본다. 혼자서 나이 먹는 것보다 훨씬 덜 힘들 것 같다. 심지어 재밌어지겠지. 옆 친구가 말한다. 우린 연결될수록 건강하다고. 정말 그렇다.

"친구들아, 우린 연결될수록 건강해지는 것 같아.
너희들이 있어서 정말 든든해."

백세 시대에
대처하는

K-그랜마의
자세

백세 시대에 대한 내 또래들의 생각은 엇갈린다. 누군가에겐 축복, 누군가에겐 재앙으로 여겨지기 때문이리라. 무병장수란 애당초 불가능. 우리 앞엔 죽음으로 가는 유병장수의 긴 여정이 기다리고 있다고 대개 생각한다.

주변에 부쩍 늘어난 걱정주의자들은 가끔 뜬금없이 토론에 돌입한다. '본의 아니게 오래 살게 된' 우리의 장수 대책을 구상하고 실행하자는 것이다.

"'노프로페서존'이라고 들어봤니? 대학가 카페나 치맥 가게에 '교수출입엄금' 표지판을 붙인 곳이 있대. 이건 노키즈존이나 노펫존 같은 '노꼰대존' 아니겠어? 최근에 '노50대존'이 생겼다는 뉴스도 봤어. 나이를 기준으로 국경선을 설정하는 거잖아. 좀 우울해."

한 친구의 말에 뜨끔해진다. 또 한 친구가 나선다. "'어르신'이란 호칭도 좀 듣기 거북하지 않아? 존경의 표현이라기보다는 그저 나이 든 사람을 일컫는 말이 된 것 같아. '어른'은 드물고 생물학적 '어르신'만 늘어난다고 보는 젊은 친구들의 생각이 배경에 깔린 것 같고 말이야."

다른 친구가 조심스레 입을 연다. "젊은 친구들이 노인들을 존경하고 싶어도 딱히 존경할 만한 무언가를 찾기 힘든 거 아닐까? 디지털 문해력 이슈만 해도 그래. 20~30대는 디지털 네이티브 세대잖아. 상대적으로 모바일 기기 사용에 서툴 수밖에 없는 60~70대를 속으로 우습게 여기는 거지."

"정말 그래. 60대 이상 인구의 디지털 문맹률이 문제잖아. 사회교육기관이 노인들을 대상으로 디지털 문해 교육을 확대해주면 좋겠어. 디지털 기기를 잘 쓰려면 자식들이나 며느리, 사위에게 지도 편달을 많이 받아야 하더라. 나는 모바일 뱅킹을 할 줄 몰랐거든. 그런데 며느리가 말귀 못 알아듣는다고 타박하면서도 계좌 이체하는 법을 가르쳐주더라고. 은행에 가지 않아도 되니까 너무 편해." 황혼 육아 서비스 제공자로서 며느리에게 당당히 디지털 튜터링을 요구했다는 친구다.

"맞아. KTX 티켓을 매번 아들한테 예매해 달라 하

기가 점점 미안해지더라고. 아들이 생일 선물로 뭘 받고 싶냐고 묻길래 스마트폰으로 기차표 사는 걸 가르쳐 달라고 했어. 한 시간 만에 뚝딱 배웠어. 이젠 밀키트 주문이나 온라인 쇼핑으로 산 물건 반품도 척척 할 수 있어. 병원 예약도 전화 대신 앱으로 해결하거든. 휴, 이 멀미나는 시대에 적응하지 못하면 자식들에게 곧바로 민폐 엄마가 되어버리더라."

다들 박장대소하며 공감했다. 패스트푸드점뿐 아니라 카페마저 키오스크 주문이 확산되는 요즘. 기계 앞에서 어눌한 손놀림으로 꾹꾹 누르다 보면 뒤에 서 있는 젊은 친구들의 따가운 눈총에 스트레스를 받기 일쑤다. 농경시대에 태어나 하필 4차 산업혁명 시대에 노년을 맞이한 우리의 가혹한 운명을 탓하는 게 무슨 소용이겠나? "죽는 날까지 배워서 자식들에게 덜 미안하자."는 결의까지 다진다.


그런데 모바일 기기 사용 능력만으로 노인들에 대한 존경심 저하 추세를 설명할 수 있을까? 이야기는 자연스럽게 60대 이상 노인들의 애티튜드 문제로 흐른다.

"방금 전에 지하철 타고 오는데 엄청 시끄럽더라고. 노인들이 너무 많아서 깜짝 놀랐어. 그 사람들이 큰 소리로 이야기하는 걸 보니까 말없이 서 있는 젊은이들 눈치가 보이더라. 매너가 사람을 만든다는데, 이거 진짜 심각해."

다들 고개를 끄덕인다. 오전 10시경 지하철을 타면 승객 3분의 1은 노인이다. 동행이 있으면 큰 소리로 대화하고 껄껄 웃어댄다. 청력이 안 좋아서일까? 스피커폰을 켜놓고 자신의 소소한 일상을 주위 승객들에게 대방출하기도 한다. 이쯤 되면 거의 만행 수준이다.

분위기를 돌리자며 한 친구가 최애 트로트 가수 영탁이 부른 노래 〈꼰대라떼〉를 소개한다. 이 땅의 나이 든 세대가 지닌 권위주의적 행태 때문에 'kkondae'라는 단어가 영국 BBC 방송에 소개된 뒤 발표한 노래 같다나. 다들 웃음을 참지 못한다. 한편, 쏟아지는 정보와 빠른 세상 흐름에서 소외되기 쉬운 노인들의 특성상 스스로 시야를 넓히자는 친구의 말에 모두 동감한다.

누구나 65세 이전에 죽지 않으면 노인이 된다. 그런데 나이 먹는 일은 갈수록 만만치 않다. 신체적 한계에 좌절하고 의기소침해지는 건 물론이고 세상 흐름에 뒤처진 것 같은 멘탈 관리의 어려움도 적지 않다. 그 가운데엔 사회적으로 존경받지 못하는 노년이 예상보다 훨씬 길어질지도 모른다는 두려움이 스멀거린다.

산업화 시대의 주역이었던 오늘의 6070 세대. 이제는 다음 세대를 위한 멋진 조연의 역할을 모색할 때다. 황혼 육아나 부동산 증여, 상속 외에 우리가 후배 세대와 나눌 수 있는 것, 물려줄 수 있는 것을 함께 찾아내고 이야기하면 좋겠다. 노년 세대가 쌓은 경험이나 통찰을 저평가하지 않으면서 노년층의 조언과 지지를 끌어내는 지혜를 후배들에게 기대하는 건 과욕일까? 미친 속도로 진행되는 디지털혁명 시대, 노년층의 고민이 깊어지고 있다.

노년
선행학습엔

영화가
딱이지

평생 싫증 나지 않는 게 영화다. 나이 60 이후엔 노년을 다룬 영화에 꽂혔다. 노년 선행학습에 있어 최고의 교과서랄까. 인생의 가을과 겨울을 사는 동년배들과 선배들의 이야기에 공감하는 경우가 많다. 때로는 영화 속 인물들의 용기와 비범함에 충격을 받는다. "아, 저렇게 살아도 되는 거였구나. 난 너무 소심하게 살았다니까." 하고 혼잣말을 한다.

1960년대 일본 영화 〈꽁치의 맛〉은 오즈 야스지로 감독의 유작이다. 아내와 오래전 사별한 초로의 남자가 하나뿐인 딸을 시집보내고 홀로 남는다. 극적인 사건은 없다. 한 편의 결혼 이야기를 둘러싼 인물들의 일상적 대화가 담담하게 오간다. 전쟁이 끝난 후의 일본, 평범한 다다미 주택 내부와 단골 술집 풍경이 주 무대다. 60년 전 일본의 전형적 집안 살림살이나 가정식 백반 상차림을 보는 재미가 쏠쏠하다. 거의 풍속 자료 수준의 디테일이 담겨 있다. 엔딩 장면은 딸을 보내고 홀로 남은 쓸쓸함을 수습해야 하는 아버지의 뒷모습. 다가오는 인생의 겨울에 대한 예감을 보여준다.

〈스트레이트 스토리〉는 실화를 바탕으로 한 로드 무비다. 언어 장애를 지닌 중년의 딸과 함께 사는 73세 엘빈 스트레이트는 어느 날 갑자기 쓰러진다. 보행기를 착용하라는 의사의 진단을 거부하고 숙원 사업 해결에 착수한다. 작은 오해로 오랫동안 연락을 끊고 살던 형을 만나러 가는 일이다.

허리 질환에 침침한 노안, 게다가 운전면허가 없다. 그는 낡은 잔디깎이를 개조해 캠핑용 트랙터를 만든다. 소시지와 장작을 싣고 위스콘신주에 사는 형의 집으로 향한다. 시속 5㎞의 느려 터진 여정에 낯선 이들과의 조우, 밤의 추위가 담담하게 담긴다. 때로 친절한 이들의 도움을 받기도 한다. 갑작스러운 동생의 방문에 너무 놀라 말을 잃은 형과 껴안으며 영화는 끝난다.

"나이를 먹으니 정말 중요한 게 뭔지 알게 돼. 부질없는 것에 얽매이지 않게 되지."

– 〈스트레이트 스토리〉 중

젊은 시절, 형과의 관계를 회복하려 애쓰지 않았던 그가 느닷없이 길을 나선 이유는 무엇일까? 나이가 지긋해진 스트레이트에게 미움은 어느새 덧없어졌을 것이다. 노쇠해질 대로 노쇠해진 몸은 그가 스스로 갇혔던 감정의 감옥을 빠져나오는 계기가 됐다.

〈밤에 우리 영혼은〉도 추천한다. 콜로라도의 어느 작은 마을에 사는 80대 이웃사촌으로 배우 로버트 레드포드와 제인 폰다가 주연을 맡았다. (〈아웃 오브 아프리카〉 속 로버트 레드포드의 전설적 미모를 기억하고 있어서인지 나이 든 그의 모습은 좀 놀랍다. 한편으론 꾸밈없어 자연스럽고 우아하다.) 두 사람은 평소 친하진 않았지만 알고 지내던 사이로, 둘 다 사별했고 자식들을 독립시킨 싱글이다.

"밤을 견뎌보려고 해요. 그냥.. 침대에 함께 누워 잠들 때까지 얘기하면서 밤을 보내자는 거죠."

- 〈밤에 우리 영혼은〉 중

어느 날 밤, 예고 없이 남자를 찾아온 여자. 함께 밤을 보내자고 제안한다. 수면 장애로 견디기 힘들어진 노년의 밤을 하소연하며 그냥 한 침대에서 잠을 자자는 것이다. 조금 망설이던 남자는 찬성하고 다음 날 여자의 집으로 밤샘 마실을 간다. 점점 친해지는 두 사람. 작은 동네라 금세 사람들 입에 오르내린다. 결국 관계를 밝히기로 결심하고 동반 외출을 감행, 이웃들은 둘의 관계를 이해하게 된다.

그러나 미국 할머니도 황혼 육아를 피해갈 수 없다. 여자의 이혼한 아들은 '할머니 육아 서비스'를 요청하고, 부탁을 뿌리칠 수 없는 여자는 아들 집을 오간다. 여자를 따라다니게 된 남자는 그녀의 손주에게 야구를 가르치며 스마트폰 중독을 벗어나게 돕는다.

여자는 결국 아들 집으로 이사를 간다. 손주를 더 제대로 돌보고 책임지기 위해서다. 멀리 떨어지게 된 두 사람은 밤마다 전화로 긴 이야기를 나눈다. 서로의 '베프'가 된 두 사람이 굳게 연결되어 있음을 보여주는 엔딩이 기분 좋다.

남자친구나 여자친구까지는 아니더라도 노년에 '남사친'이나 '여사친'을 갖고 싶다는 이들이 내 주변에도 적지 않다. 다만 용기가 없을 뿐. 자식을 포함해 남들의 시선이 부담스럽기 때문이다. 영화 속 미국식 용기에 영감을 받는 이들이 생기면 좋겠다는 바람을 품어본다.

4부작 미니 시리즈 〈올리브 키터리지〉는 강렬하다. 아카데미 여우주연상을 세 번이나 수상한 프랜시스 맥도먼드가 올리브 키터리지를 연기한다. 정년 퇴임한 수학교사로 약사였던 남편 역시 퇴직했다. 이야기는 올리브의 중년에서 노년까지, 별로 특별할 것 없는 일상을 비춘다. 올리브는 겉으로 보기에는 괴팍하고 불친절하며 신경질적이다. 친하게 지내기 힘들 것 같은 캐릭터. 하지만 내면엔 타인을 향한 과묵한 공감과 연민이 있다. 타인의 마음에 대한 호기심이 상대의 입장을 헤아리는 행동으로 연결되는 타입이랄까.

30여 명에 이르는 주변 인물들에 대한 묘사의 디테일이 잘 살아 있다. 아들의 이혼과 재혼을 바라보는 올리브의 착잡함, 학교 제자들과 동네 사람들에게 일어난 각종 사건을 대하는 올리브의 대응에 때로 웃고 때로 배운다. 그녀의 남편이 약국에서 일하는 직원에게 품었던 애틋한 감정이나 올리브와 동료 교사의 혼외 로맨스도 지나치게 과장되지 않아 현실감이 든다. 평범하지만 각자 비범한 일면을 지닌 캐릭터들, 바로 우리네 모습이기도 하다.

올리브처럼 우리는 그냥 오늘을 산다. 때로는 불편한 감정의 폭풍우를 통과하기도 한다. 그렇더라도 별일 없었던 것처럼 태연하게 하루하루를 보낸다. 젊은 시절에는 아직 살아보지 않은 노년이 잉여의 시간으로 보였다. 하지만 60 이후를 살게 된 나는 말할 수 있다. '여생' 같은 건 없다. 남아 있는 모든 하루, 현역의 시간을 산다. 이번 생에서 아직 배워야 할 게 있다는 뜻이기도 하다.

영화는 내가 겪어보지 못한 상황을 통과하는 이들이 아프게 체득한 깨달음을 나눠준다. 60세가 넘기를 기다렸다는 듯이 덮쳐오는 병들에 맞서 몸부림치며 늙어가는 이들에게 뜻밖의 지혜를 전하기도 한다. 영화 속 캐릭터들은 보여준다. 쇠락한 육신에도 사랑과 우정이 깃들어 있음을. 누추한 현실에 절망하면서도 세상의 아름다움을 바라보는 기쁨을 잃지 않을 수 있음을.

나이 들다 보면 세상과 타인을 바라보는 시야가 좁아지기 쉽다. 누구나 자신의 인생 하나만 경험하기 때문이다. 영화를 보면서 나와 다른 처지에 있는 이들의 생각이나 행동에 고개를 끄덕인다. 영화 속 다양한 관점을 접하는 게 시야를 넓히는 데 도움을 주는 것이 분명하다.

그래, 또 한번 결심했다. 좋은 영화들을 친구 삼아 앞으로의 날을 초등학생 시절 여름방학처럼 살아봐야겠다고. 나 자신에게 "굿 럭!"을 외치면서.

오늘도
루테인을

삼키고

종이신문에 실리는 북 리뷰를 좋아한다. 8쪽짜리 금요판 북 리뷰를 읽는 재미로 정기 구독을 하는 게 아닐까 싶을 정도다. 책을 사서 읽기보다 남이 써놓은 책 비평을 열렬히 애독하는 건 뭐지? 그렇다고 소개된 책을 곧잘 사들이는 스타일도 아니면서.

헷갈린다. 나는 책을 좋아하는 사람일까, 아니면 책 소개나 리뷰 읽기를 좋아하는 사람일까? 내가 죽었다 깨어나도 알 수 없는 광대무변한 지식 탐구에 진심인 저자들에게 경외심을 표현하기 위해 리뷰를 읽는 것일지도 모르겠다. 아니면 요즘 핫한 책의 제목이라도 아는 척하려는 허영심이려나?

사회생활 영역이 날로 줄어드는 노년. 번개처럼 다가와 내 편견을 깨뜨리는 한마디 말에 갈수록 목이 마르다. 좋은 책 한 권을 소개받는 게 젊은 시절 때보다 더 중요해지는 이유다.

생각난 김에 그간 적어둔, 사고 싶은 책 제목을 훑어본다. 죽음에 관련된 책부터 팬데믹 이후 세계 전망, 그리고 디지털 자본주의 분석과 문화현상으로서의 BTS 팬덤을 다룬 책까지. 매주 한두 권씩 야심 차게 늘어난 목록이다.

갑자기 조바심이 난다. 중고서점 앱을 클릭해 폭풍 검색을 시작한다. 내일 외출하는 김에 가볼 오프라인 매장에 있는 책 한 권 발견! 다음 주에 친정엄마 뵈러 갈 때 들를 야탑역 매장에서도 두세 권은 건질 예정이다.

침침한 눈 때문에 스마트폰과 노는 시간을 줄일 수밖에 없는 나이. 결국 요긴해지는 건 혼자 잘 노는 기술이다. 그중에도 책 놀이만 한 게 없다.

나이를 먹는 만큼 더 현명해지는 건 아니라는 걸 알아버린 노년의 초입에서 나는 책에게 무얼 바라는 걸까? 그건 한 생애를 즐겁게 완주하려는 마음가짐을 응원해줄 새로운 서사와 영감이 아닐까. 이 행성 여행자 신분이 언제까지 지속될지는 내 힘으로 알 수 없을 터. 하지만 책은 이번 생에 만나는 사소하지만 경이로운 것에 설레라고, 그 자잘한 아름다움을 깊게 오래 누리라고 나를 부추긴다.

오늘도 나는 루테인을 한 알 집어삼킨다. 평생 동지
인 책 옆에 오래오래 머무르고 싶은 몸부림이다.

도서관과
친구가 되는

기쁨

지난 3월 말, 동네에 경사가 났다. 오래 기다려온 구립도서관이 바로 옆 아파트 단지에 문을 연 것이다. 이름은 조금 장엄한 하늘꿈도서관. '오픈발'을 받아 유치원생과 초등학생, 부모들로 붐빈다. 심심한 할머니랑 할아버지들도 모여든다. 먼저 회원 등록을 한다. 가슴이 두근거린다. 도서관 앱 속에 대출증까지 담고 나니 왜 이렇게 신이 나지?

누군가는 '초품아'에 산다고 뻐긴다. '초등학교를 품은 아파트'라는 프리미엄을 자랑하고 싶어서다. 그렇다면 도서관을 품은 아파트 '도품아'는 한 등급 높은 품격이 아닌가? 유치하게도 괜히 기분이 좋다.

하늘꿈도서관이라는 이름은 타깃 고객층이 어린이와 청소년임을 분명히 선언하고 있다. 정문을 열자마자 눈에 들어온 건 계단식 좌석. 산뜻한 컬러를 입혀 미래 세대를 위한 책 놀이터로 딱이다. 1층과 2층은 그들을 위한 공간이다. 아이를 동반한 보호자가 함께 비스듬히 기대어 책을 읽을 수 있게끔 꾸며진 인테리어가 최우선 고객의 취향을 저격한다. 책장 넘기는 소리, 노트북 타이핑 소리 등 백색소음을 양해해 달라는 표지판까지 있다. 엄숙주의를 내던진 도서관의 배려가 마음에 든다.

3층은 청장년과 시니어들의 공간. 일반 도서관의 분류에 따라 작은 규모나마 책이 꽂혀 있다. 요즘 책들은 어쩜 이렇게 멋진 디자인의 옷을 입고 나오는지 보면서 감탄을 연발한다. 모두 새 책이라 만지고 뒤적거리는 기분이 좋다. 자동 대출과 반납을 도맡은 기계들이 층마다 있어 손쉽고 간편하며, 무려 노트북 자가 대여와 반납까지 가능하다.

살면서 지금처럼 시간 부자인 때가 없었다. 책과 놀기에 최고 좋은 시기라는 이야기다. 물론 모든 즐거움엔 매복이 있다. 날로 침침해지는 눈이 문제다. 그뿐인가? 30분만 읽으면 목이 뻣뻣해진다. 바르게 앉아 책을 읽는 자세도 오래 유지하기 어렵다. 비행기 이코노미 클래스 증후군과 비슷하다. 혈액순환을 위해서라도 어쩔 수 없이 일어나 서성거리다가 다시 읽는 수밖에.

그래도 새 책 냄새가 좋은 걸 어쩌겠나. 도서관에 조금 더 앉아 있고 싶다. 종이책의 시대가 저물고 있다는 경고가 요란하지만 내 손에 들린 책의 기분 좋은 무게감은 전자책에서는 기대할 수 없는 게 아닌가. 낮은 시력은 다초점 안경이나 돋보기의 도움을 받으면 된다. 게다가 노년층 맞춤형 친절한 큰글자책 서가도 따로 마련되어 있다. 그래도 양장본이라는 멋진 장정의 책은 무거워서 피한다. 손안에 쏙 들어오는 문고본 사이즈 책이 제일 좋다. 가방에 넣어 들고 다니기 편한, 영혼의 짝꿍이랄까.

나이가 들면서 좋아하는 영화 장르가 바뀌듯 읽는 책도 바뀌었다. 나이 듦과 병, 그리고 종교와 죽음을 다룬 책으로 관심이 쏠린다. 태어남부터 죽음에 이르기까지 삶이라는 긴 여정의 의미를 찾고 싶은 까닭이겠다.

영성가 안셀름 그륀 신부의 『노년의 기술』이나 헬렌 니어링, 스콧 니어링 부부의 『조화로운 삶』을 좋아한다. 죽음학 연구가 정현채 교수의 『우리는 왜 죽음을 두려

워할 필요 없는가』도 애독한다. 우리나라의 뛰어난 영
성 철학자인 유영모 선생과 함석헌 선생의 책들도 되풀
이해 읽는다. 우리 시대의 종교와 영성에 대해 탁월한
통찰을 지닌 종교학자 오강남의 『오강남의 생각』도 좋
다. 「"추석이란 무엇인가" 되물어라」라는 칼럼으로 유
명한 김영민 교수의 『아침에는 죽음을 생각하는 것이
좋다』는 유쾌한 글 모음집이다. 정치외교학과 교수인데
학부는 철학 전공이었다니. 어쩐지! 그의 생각과 글이
자유롭고 발랄한 배경이겠다.

　새 책을 펼 때는 언제나 설렌다. 오래전에 읽은 책도
다시 만나면 새 책이다. 이미 읽은 책이 낯설게 느껴지
는 건 왜일까? 읽는 내가 변했고 성장했기 때문일 것이
다. 아는 만큼 보이고, 나이만큼 느낀다. 고전문학에 대
한 문해력이 상승하고 있다고 자평할 정도다.

　등장인물이 지나치게 많은 소설이라고만 알았던
『홍루몽』이 좋은 예다. 18세기 중반 중국, 청나라 건륭
제 시대의 작품으로 섬세한 인물 묘사와 거의 비현실

적인 다중 로맨스 서사가 특징이다. 하지만 나이 60 넘어 읽은 『홍루몽』에는 젊음의 아름다움과 슬픔만 있는 게 아니었다. 삶과 죽음을 바라보는 작가의 시선, 그 세계관의 깊이를 느낀다. 『홍루몽』을 연구하는 '홍학'까지 생겨났다는 사실이 놀랍지 않다.

얼마 전까지는 집에서 왕복 한 시간 거리인 개포도서관에 다녔다. 한 번에 다섯 권씩 빌려 배낭에 담아 낑낑대며 오가곤 했다. 이젠 도서관이 옆집이니 굳이 욕심낼 필요가 없다. 게다가 내 나이엔 2주에 책 한 권이 적정 독서량이 아닐까 한다.

초등학생 딸과 함께 온 젊은 엄마가 딸과 가만가만 이야기를 주고받으며 책을 고른다. 어여쁜 모녀에게 은밀하게 축복의 꽃 화살을 쏘아 보낸다. '오래오래 함께, 지금처럼 다정하게 책과 놀아보시라.'

그리고 결심한다. 이웃사촌이 된 도서관과 앞으로 친하게 지내기로!

K-그랜마의
여행

독립
선언

가을에 태어나 어느덧 생의 가을로 접어든 나에게 가을은 특별하다. "Happy Birthday to Me!"를 외치며 배낭을 둘러멘다. 스스로에게 주는 이번 생일 선물은 2박 3일 여행. 내가 지금 어디까지 왔는지를 알고 싶으면 태어나 자란 곳으로 가보는 것도 한 방법이겠지.

수서역에서 SRT를 타니 눈 깜짝할 새 광주송정역에 도착했다. 숙소는 숙박 앱으로 예약한 게스트하우스. 싱글룸 2박에 9만 원으로 깨끗해서 마음이 놓인다. 짐을 풀고 나와 내가 졸업한 여중을 기웃댄다. 그때도 지금도, 본관 앞에 자리한 키다리 개잎갈나무의 여전한 자태에 안도한다. 근처 대인시장에서 국밥 한 그릇을 먹는다. 꽈리고추조림과 콩자반에 대한 옆 손님들의 다정한 품평에 끼어들어 함께 하하호호!

10여 분을 걸어 아시아문화전당으로 거듭난 옛 전남도청 부근 벤치에 앉는다. 꼭 혼자 오고 싶었던 곳이다. 왠지 모르게 그냥 먹먹한 느낌. 선글라스에 두 눈을 감출 수 있어 다행이다. 곧장 09번 버스를 타고 국립공원으로 위엄 상승한 무등산으로 향한다. 등급을 매길

수 없이 높은 깨달음의 경지를 뜻하는 이름이라지. 사람과 사람 사이 등급 같은 건 없다는 은유로도 해석된다니, 어느 편이든 아름답지 않은가. 산길에 있는 의재미술관을 둘러본다. 증심사 경내에 쏟아지는 가을 햇볕이 고요하다. 언젠가 템플 스테이를 해봐야겠다.

다시 시내를 쏘다니다가 '비움박물관'이라는 이름에 꽂혀 불쑥 들어간다. 함박웃음 띤 한 여성이 걸어온다. 혹시 아는 사람인가? 안면인식장애가 있는 터라 살짝 불안해진다. "2층 다 보고 나면 5층에서부터 다시 내려오면서 수장고까지 둘러보세요." 친절한 안내자는 바로 이영화 관장님. 그 말을 따라 쭉 둘러보는데 입구에 있는 푸세식 똥항아리부터 밥사발, 자수 베개, 함지박, 요강, 떡살, 흙손, 등잔대, 인두, 다리미, 필통, 책상… 도무지 끝이 보이지 않는 어마어마한 양의 1인 컬렉션에 압도된다.

이영화 관장님이 평생 모은 온갖 생활용품들이 바로 비움박물관의 미술품이다. "1970년대 초, 농촌근대화 명분으로 새마을운동이 불타오를 때 우리 모두가 앞다투어 내다 버린 옛 물건들이에요. 그런데 가만히 들여다보면 예쁘고 기특하지 않은 게 하나도 없어요. 갖가지 살림살이가 각자의 아름다움을 겸손하게 뿜어내고 있다니까요."

정말이다. 그저 나무를 무심히 깎아 만든 것 같은 목기, 찬합, 물레와 쥐덫에 이르기까지. 제각각 일정한 미학적 높이에 도달했다는 걸 왜 예전엔 몰랐지? 이 위대한 컬렉션을 어떻게 하면 더 돋보이게 할 수 있을까? 아무도 의뢰하지 않은 숙제를 나 혼자서 끙끙댄다.

아무래도 광주광역시가 나서야겠지. 민속생활사박물관을 만들어 집과 마당, 논밭을 갖춘 현실 공간에 배치해야만 그 물건들이 비로소 제빛을 발할 것이다. 스토리텔링이 있는 생활밀착형 박물관이 탄생하면 관람객들이 저절로 모여드는 핫 플레이스가 되지 않을까.

심하게 감동받은 나머지 우발적으로 관장님에게 저녁 식사를 제안한다. 그 결과, 그만 관장님과 친구분의 예정된 저녁 식사에 염치 불고하고 끼어들게 된다. 관장님의 단골 갈치조림 식당으로 향한다. 무와 감자가 수북이 깔린 조림 속 토막 갈치들이 어찌나 튼실한지 갈치로 배를 꽉 채운 저녁을 보낸다.

다음 날, 아침 일찍 고향 나주로 향한다. 나주는 광주에서 시내버스 권역이다. 친척들마저 서울과 광주로 뿔뿔이 흩어져서 굳이 이곳에 와야 할 이유는 없었다. 다만 닳아버린 영혼의 배터리를 충전하려는 무의식이 나를 고향으로 끌어당긴 걸까?

오전 9시, 마음이 급하다. 나주의 시그니처 푸드인 곰탕 한 그릇을 먹어야 비로소 나주에 온 것이다. 읍성내 곰탕집에 가니 곰탕의 절친 묵은지와 깍두기가 테이블에 차려진다. 새우젓 베이스의 서울 김치가 경쾌하다면 멸치젓 베이스의 전라도 김치는 보디감이 묵직하달까. 아아, 깍두기의 가을무가 제대로 맛이 들었으니 모닝 막걸리를 주문할 수밖에. 아침부터 혼자 막걸리 잔을 기울이는 나의 흰 머리칼을 힐끗거리는 시선이 느껴진다. 이 동네엔 나 같은 불량(?) 할머니들이 많이 없는 모양이다. 살짝 비틀거리며 해장 아이스 커피를 마시러 간다. 아 참, 오일장 구경도 가야지.

　나에게 지난해는 여행 독립을 감행한 원년이다. 여행은 가족이나 친구들과 다녀야 하는 줄만 알았다. 하지만 혼자서 쏘다녀도 충분히 즐겁다는 걸 터득하니 작은 관문을 돌파한 성취감마저 든다. 물론 천방지축 발랄한 내 행보를 붙잡는 것들이 없진 않다. 하루 두 시간 이상 걸으면 삐걱대는 무릎과 발목이 그렇다. 하지만 그 한계 내에서 나는 충분히 자유롭다.

　조만간 2박 3일이나 3박 4일로 몇 군데 더 다녀올 생각이다. 내 떠돌이 기질에 맞춰 동서남북 어디로든 가려 한다. 한달살이 여행도 차차 계획할 예정이다. 나 홀로 제정한 가을방학에 스스로 흐뭇해한다.

　손가락을 움직이기만 하면 단군 이래 최고로 풍부해진 여행 정보가 쏟아지는 요즘이다. 혼자 여행하는 여성들을 위한 노매드헐(NomadHer) 같은 앱이나 여행 커뮤니티의 도움도 받을 수 있다. 여성 전용 게스트하

우스도 찾아보면 꽤 있다. 혼자 떠나는 여행에 대한 두려움이나 쑥스러움만 이겨내면 여행 독립은 쟁취 가능하다.

　누구나 자신이 만난 사람, 보고 읽은 영화와 책으로부터 배우고 성장한다. 나에겐 여행도 그렇다. 여행은 내가 살아 있음을 기쁘게 느끼게 해준다. 여행 중 낯선이의 따뜻한 눈빛을 만날 때 더욱 그렇다. 여행 덕분에 조금 더 괜찮은 사람으로 진화하고 있다는 느낌마저 든다. 누군가 말했다. "인생에 굳이 목적이 있다면 인생을 하나의 과정으로 온전히 체험하는 것이다."라고. 바로 그렇기에 우리는 집을 떠나는 게 아닐까.

여행 덕분에 조금 더 괜찮은 사람으로 진화하는 느낌.
여행은 내가 살아 있음을 기쁘게 느끼게 해준다.

나를

칭찬하세요

올 한 해를 어떻게 살았는지, 자기 성찰이 유행하는 12월이다. 한 친구는 한달살이 여행을 계획했지만 팬데믹을 우려하느라 놓쳐버린 아쉬움을 토로한다. 다른 친구는 딸과 대판 싸운 후 관계가 잘 회복되지 않는다며 묘책을 구한다. 또 다른 친구는 이탈리안 요리 강좌를 등록했다가 취소한 게 후회된단다.

커피에 곁들인 초코칩 쿠키의 촉촉하고 바삭한 맛에 정신없이 빠져들던 내 차례다. 하지만 반성에 전혀 조예가 없는 나. 대체 뭘 후회해야 하지? 이럴 때는 공격적으로 나가는 수밖에 없다. "사랑하는 친구들아. 평생 반성만 하다 훌륭하게 죽을 거냐? 각자 셀프 칭찬 좀 해봐."

다들 은근 재밌어하는 표정으로 입을 연다. "난 뜨개질이랑 포장을 잘하잖아. 예전에 우울증으로 힘들 때 지하상가 털실 가게에서 뜨개질 과외를 받았거든. 11월부터 털모자랑 조끼를 세 개씩 만들어놨어. 포장지랑 리본 테이프도 샀고. 손녀한테 주고 시누이한테도 선물할 거야. 이걸 줄 때는 아이가 자라서 털조끼가 작아지면 나에게 다시 보내라고 말하려고. 손뜨개질한 거라 풀어서 크게 만드는 A/S도 가능하니까." 진짜 멋진 재능이다. 다들 엄지 척!

"난 요리가 젬병이야. 너희도 알지? 그런데 사람들을 집으로 불러 모으는 게 취미잖아. 내 친구나 남편 친구 부부들이 놀러 올 때 대개 요리를 한 가지씩 가져오더라. 직접 만들어 오기도 하고 포장해 오기도 하고. 그래도 명색이 호스트 입장이니까 나도 뭔가 하나는 만들게 돼. 지난 주말에 아들이랑 며느리 불러놓고 잡채를 만들다가 굴 소스가 프라이팬에 쏟아졌어. 다급하게 새송이버섯이랑 파프리카 채 썬 것을 마구 집어 넣었는데도 짜더라고. 그때 며느리가 그러더라. 자기는 시엄마가 요리를 잘 못하는 게 좋다고. 왠지 정다운 느낌이라고. 요리를 잘 못하는 시엄마가 매력 있다고 하는 며느리가 갑자기 너무 예뻐지는 거야. 그 느낌 알겠지?"

그래서 친구는 며느리를 와락 껴안았단다. 남편과 아들은 어리둥절해하면서도 기뻐했다고. 뭔가를 잘 못하는 게 잘하는 것보다 더 상대방의 마음을 얻게 해준

경우다. 의도치 않은 허당 퍼포먼스로 드러난 허점이 매력 자산으로 쌓이고 있을지도 모를 일이다.

우리는 자신이 저지른 실수로 남을 기쁘게 한 사례들을 발표하기 바빴다. 한 친구는 남편이 저녁을 먹으며 아들을 심하게 꾸짖은 날의 이야기를 했다. 아들도 만만찮게 아버지에게 맞섰는데, 불안한 마음으로 설거지를 하던 친구가 그만 큰 접시 하나를 바닥에 떨어뜨려 깨졌다고 했다. 놀란 남편이 청소기를 밀고 아들이 물걸레로 마룻바닥을 조심스레 닦는데, 아들의 손가락에 깨진 접시의 파편이 박혀 피가 흘렀다고. 곧바로 남편이 파편을 빼내고 소독한 뒤 아들의 어깨를 한 번 두드렸고, 그러곤 모든 게 다시 평화로워졌단다.

자랑 배틀에 내가 밀릴 순 없지. 지구생활 세 번째 30년을 맞아 처음으로 단행한 나 홀로 2박 3일 여행 이야기를 늘어놓았다. 친구들이 앞다투어 자기도 내년에 꼭 시도해보겠다고 했다.

결혼생활 38년 동안 쌓인 잡동사니를 조금씩 정리

한 것도 자랑거리 중 하나다. 덜 필요해진 물건들을 재활용 수거함에 넣거나 버리고 있다. 홀가분하다. 체중이 줄어든 느낌마저 든다. 30평대 집이 40평대로 넓어진 것 같은 시각 효과는 덤이다.

젊을 때는 진짜 필요해서가 아니라 욕심 때문에 사들인 것이 많았다. 이제는 아니다. 사고 싶은 게 적어지거나 없어지는 나이임을 깨닫고 있다. 제로웨이스트는 비현실적인 목표더라도, 적어도 덜 사고 덜 쓰는 인간은 될 수 있을 것 같다. 요즘엔 플라스틱과 비닐 사용도 줄이려고 제법 애쓰는 편이다.

그리고 늦었지만, 마침내 러시아를 만났다. 지난가을 '러시아-우크라이나 평화 기원 미술전'과 관련 강좌에 참여한 게 계기였다. 그저 스치듯 한번 다녀온 여행 기억 속에 존재하는 나라였던 러시아. 그동안의 무관심이 무색하게 역사와 문학, 미술, 연극, 영화의 매력에 빠져들고 있다. 평소 관심 없었던 것에 눈을 돌리고 귀를 기울인 덕에 새로운 재미를 찾았으니, 이것도 셀프 칭찬

할 만한 일이겠지.

　나를 둘러싼 세계에 대한 무지를 줄이기에 딱 좋은 나이 60대. 따뜻한 차 한 잔을 옆에 두고 체호프 단편을 읽는 지금 이 순간, 최고로 호사스러운 밤이다.

BTS에

홀리다

2021년 여름, BTS의 노래 〈Permission to Dance〉에 꽂혔다. 중독성 강한 후렴구에 몸을 흔들어대지 않고는 못 배길 경쾌한 리듬! 지구인들의 꿀꿀한 팬데믹 시즌을 이토록 신명 나게 강타한 BTS에 넘어가지 않을 도리가 있나? 결국 K-Pop 보이그룹은 UN 본회의장을 무대로 전 지구적 스케일의 퍼포먼스를 벌였다.

BTS 열풍의 진원지인 이 땅의 6070 세대는 BTS와 그다지 친하지 않다. 그런데 나와 친구들 여럿이 그만 BTS에 폭 빠지고 만 것이다. 누군가는 "우리 지민이~"를 외쳐대고 누군가는 정국의 열혈 팬임을 수줍게 고백한다. 큰 병을 앓으며 우울증을 겪을 때, 아침에 눈 뜨면 정국의 노래가 유일한 친구였다고. 또 다른 친구는 팬클럽 ARMY 회원 가입을 진지하게 고려할 정도다.

〈Permission to Dance〉의 안무는 비교적 단순하다. 무엇보다 국제 수어를 활용한 퍼포먼스가 화제였다. 두 손과 몸을 자유롭게 움직이며 '즐겁다' '춤추다' '평화' 등의 단어를 표현해 청각장애인들의 뜨거운 호응을 얻었다. 감염병 시대의 좌절과 무력감을 위로하는 노랫말이 젊은 세대에게 불러일으킨 폭풍 공감은 말할 것도 없다.

그러자 팝의 살아 있는 전설 엘튼 존이 〈Permission to Dance〉 챌린지에 깜짝 등판했다. 가사 중 "When it all seems like it's wrong, Just sing along to Elton John." 그러니까 "내 마음대로 일이 잘 안 풀릴 땐 앨튼 존의 노래를 따라 불러."란 구절에 화답한 것이다. 그는 노랫말 속 'wrong'을 'right'로 재치 있게 바꿔 불렀다. "When it all seems like it's right, I sing along to BTS Permission to Dance." 일이 잘 풀릴 땐 BTS의 〈Permission to Dance〉를 따라 부른다니, 놀라웠다. 기사 작위까지 받은 팝의 거장이 언택트로나마 후배들을 격려한 것이다.

제니퍼 로페즈를 포함해 세계적인 셀럽들도 앞다투어 댄스 챌린지에 나섰다. 그러자 오대양 육대주의 크고 작은 스트리트 퍼포먼스 동영상이 끝없이 이어졌다. 유튜브를 통해 BTS 춤바람으로 대동단결한 지구인들을 보는 재미가 쏠쏠했다.

나이 50 전후로 제대로 춤바람 났던 내가 가만히 있을 수 없지. 물론 ARMY들의 날렵한 몸동작은 언감생심. 대신 신나는 음악에 절로 들썩거리는 몸을 그냥 털어주면 된다. 일명 먼지털기춤을 추며 나 홀로 방구석 댄스 챌린지를 벌인다.

무릎도 발목도 허리도 시원찮은 나이면 어때? 머리끝부터 발끝까지 마구 흔들다 보면 마음의 먼지까지 털어낼 수 있을 거라는 믿음만 굳건하면 된다. 면역력 향상과 숙면 효과는 덤이다.

MZ 세대엔 국경이 없다고 한다. IT 기술 덕에 전례 없이 글로벌하게 연결된 세상, 공유하는 가치가 그들을 묶는 덕분일 것이다. BTS 문화 혁명에 은근슬쩍 가담해 혼자서 몸을 흔드는 내 모습, 우습고 재밌다.

내
올해의 친구는

누구지

해마다 연말이면 국내외 언론들은 '올해의 사건'이나 '올해의 인물' 등을 뽑곤 한다. 사람들도 저마다 '올해의 ○○'을 꼽으며 지난 1년을 정리한다. 나도 덩달아 한 해를 돌아보며 '올해의 친구'를 꼽아본다. 새로 사귄 친구나 한 해 동안 유독 친해져 나에게 영감을 준 사람 말이다.

주변 인물들을 머릿속으로 검색해본다. 이 친구가 좋을까? 아니면 그 친구? 앗, 그런데 생각해보니 그게 아니다. 올해 내 베프는 바로 유튜브다. 팬데믹으로 사회생활이 위축되면서 자연스레 유튜브 속 친구들을 사귄 덕분이다.

유튜브 속 인간계는 놀랍다. 젊은 나이에 어쩌면 저토록 다양한 지식과 명쾌한 안목을 장착했는지 감탄 또 감탄하게 만드는 학식 만렙 유튜버들! 내 최애는 조승연, 김지윤, 그리고 〈삼프로TV〉의 '위즈덤 칼리지'다.

그 외 〈플라톤아카데미TV〉〈세바시 강연〉 채널도 본다. 황당한 극우와 극좌를 배제하면 다양한 스펙트럼의 관점과 지식과 통찰을 보고 들을 수 있는 시사 채널도 도움이 된다.

또 하나 빼놓지 않고 보는 건 '마인드 마이너'라는 첨단 직종으로 부상한 송길영 선생의 강의다. 빅 데이터 판독가로서 그가 갖는 시각과 통찰은 사회 주류로 부상하는 20~30대가 조직과 가족 내에서 생각하고 행동하는 방식을 이해하도록 돕는다. "세대별로 다른 경험치가 가치관을 갈랐다."는 그의 당연한 분석이 가족과 사회 공동체 속 달라도 너무 다른 세대 간 갈등을 줄이고 상호 이해를 늘리는 특급 촉진제로 보여진다. 때때로, 아니 자주 MZ 세대 자식들의 생각과 행동을 의아해하면서도 이해해야만 하는 부모들의 관점과 인식을 확장하는 데 요긴한 강의다.

요리 고수들이 자식이나 손주의 도움으로 채널을 열어 10만이 넘는 구독자를 자랑하는 것도 참 보기 좋다. 천안에서 블루베리를 키우는 한 크리에이터가 비닐하우스 짓는 법을 시연하는 영상 속 배우자와 주고받는 티키타카를 보며 배꼽이 빠지도록 웃는다. 길냥이 돌보미들의 활약상을 담은 채널도 따뜻한 공감을 불러일으킨다.

영화나 드라마 리뷰 채널 몇 개도 열렬 구독한다. 난해하고 재미없기만 하던 영화도 전문 평론을 듣고 나면 전혀 다르게 다가온다. 〈아바타〉를 혁신적 영상미로만 받아들이는 건 실수라고 주장하는 이동진 영화평론가. 판도라 행성에 매장된 희귀 광물을 노리는 지구인의 침공은 서구 제국주의의 SF적 번안이라는 그의 해석에 고개를 끄덕인다. 올해 아카데미상을 휩쓴 〈에브리씽 에브리웨어 올 앳 원스〉도 멀티버스 개념을 알기 쉽게 설명한 영화 리뷰어들의 도움을 받아 간신히 조금 이해했다.

한편, 보고 싶지는 않지만 인기가 많아 어떤 내용인지 알아둬야 할 것 같은 영화나 드라마가 있다. 이 역시 전문 채널을 통해 줄거리뿐 아니라 사회 현실의 맥락까지 습득한다. 예를 들면 〈오징어 게임〉이나 〈더 글로리〉. 폭력성 때문에 피하고 싶은 콘텐츠라서다.

시력이 떨어진 뒤론 책을 다루는 채널이 또 얼마나 반가운지! 〈책읽는 자작나무〉 같은 북튜버는 거의 날마다 만나는 친구다. 내가 죽었다 깨어나도 완독하지 못할 『총 균 쇠』나 『사피엔스』처럼 거의 인생 숙제가 되어버린 책들을 잘근잘근 씹어주는 〈일당백〉 채널도 좋아한다. '구독'과 '좋아요'를 꾹꾹 누르고 댓글을 줄줄이 다는 이유다.

　누군가는 유튜브를 잡동사니 쓰레기통이라고 부른다지. 그 속엔 분명 백해무익한 콘텐츠가 있다. 유명인의 사생활을 털어 유명세와 돈을 얻으려는 이들의 더티 콘텐츠도 그 일부다. 이를 즐겨 찾는 마니아층이 적지 않기에 형성된 시장. 어쩌면 사라지지 않을 것이다. 그렇다고 유튜브를 꺼버릴 수 있나? 방대한 전공 분야 지식과 자기만의 필살기를 선보이는 크리에이터들의 매력을 어찌 외면할 수 있을까.

　유튜브 생태계에서 아름답고 선한 것들이 반드시 승리하지 않을 수도 있다. 그렇지만 믿고 싶다. 땀 흘려

축적한 지식과 통찰을 아낌없이 나누려는 이들의 선의
가 넓고 깊은 울림을 갖게 될 것임을. 누군가를 돕고 싶
어 하는 마음들이 모여 이룩한 집단지성의 힘이 우리
사회를 더 살 만한 세상으로 만들고 있음을. 유튜브 속
고수들이 바로 그 아낌없이 주는 나무들 아닌가.

　각자 가진 소중한 것을 나누고 있는 그들은 나중에
자신 있게 말할 것이다. "내가 살고 가서 이곳이 쪼끔 더
나은 세상이 되었다."고. 그렇다면 나도 이렇게 말할 수
있을까? "유튜버들의 지식과 안목을 조금이라도 나눠
받은 덕분에 쪼끔 더 나은 인간이 되었다."고.

인생의
절전모드,

짐은
가볍게

"뭐가 그리 즐거우세요?"

가끔 후배들에게 받는 질문이다. 실실 웃음이 나온다. 나도 젊은 시절엔 그게 알고 싶었으니까. 정확히 말하자면 나이 60 넘어 즐거울 일이 도대체 있기나 할까 의심했었다.

현재 나는 60대 후반 싱글로 독립 18개월 차다. 돌이켜보면 결혼은 두 사람이 결합한 것이라 엄밀한 의미에서 독립, 즉 홀로서기는 아니었다. 태어난 지 65년 후 은발을 휘날리며 마침내 쟁취한 진정한 독립! 개인사를 통틀어 실로 어마어마한 사건이 아닌가?

주민등록상 1인 가구가 된 2021년 후반은 코로나 19 집단감염이 가속화되던 때였다. 나 홀로 집밥에 익숙해지며 새삼 인정했다. 나는 '결혼한 독신주의자'였다는 사실을. 혼자라는 상태가 오래 입어온 옷처럼 딱 맞았다. 30대 때부터 맞벌이로 인한 롱디 결혼 상태가 오래 지속되긴 했지만, 자식들이 독립한 후 진정한 싱글 라이프 시대가 열린 것이다. 최근 부쩍 늘어난 '이상하고 자유로운 할머니' 클럽 회원이 되었달까.

대구의 어느 골짜기에서 신나게 자연인 놀이 중인 남편을 '방문'하는 일은 빼놓지 않는다. 독립한 30대 딸과 아들에게 적용 중인 최소 개입 원칙을 드디어 남편에게도 확대 적용하고 있다. 가장이라는 경제적·심리적 책임 의무로부터 해방된 노년을 누릴 자유를 십분 존중하고 싶어서다. 그 결과 나 역시 온전히 나를 위해 사는 시간 부자의 신분을 얻은 셈.

아침형 인간답게 일찍 일어난다. 밤비 내린 아침엔 눈을 뜨자마자 동네를 걷는다. 일찍 문을 여는 빵집 앞을 일부러 지나며 코를 킁킁댄다. 때로는 빵집 문을 열고 들어가 잉글리시 머핀에 커피 한 잔을 주문한다. 빵 굽는 냄새와 커피 향기는 새날을 축하하기에 딱 좋은 모닝 리추얼!

동네 공원의 메타세쿼이아 길을 느릿느릿 걷는다. 이렇게 멋진 길을 내준 구청 공무원들과 공사 관계자들에게 고맙다. 꼬박꼬박 세금을 걷어 가는 구청이 덜 미워지는 순간이다.

아침 햇발에 초여름의 나뭇잎들이 반짝인다. 어릴 적 듣던 노래가 떠오른다. "햇빛은 나뭇잎 새로 반짝이 며 우리들의 노래는 즐겁다." 바로 이것이다. 밋밋한 풍 경에 담긴 완벽한 한순간을 무심한 듯 절묘하게 포착해 내다니. 노랫말을 쓴 이는 아마도 뭔가 '깨달은' 사람이 아니었을까?

오전 일과 중엔 '30분간 중국어 복습, 예습하기'가 있다. 중국어 교재를 보며 소리 내어 읽고 듣고 써본다. 유튜브로 짤막한 공짜 중국어 강의도 듣는다. 공부라 기보다는 놀이에 가깝다. 일주일에 한 번은 딸 집의 텃 밭에 물 주러 간다. 그 외 우쿨렐레든 춤이든 하고 싶은 것만 해도 좋은 이 나이, 진짜 근사하다.

주위의 70대 선배들을 관찰하며 알게 된 게 있다. 혼자 잘 노는 능력이 노년기 삶의 질을 높여준다는 사 실이다. 집 마당의 꽃밭을 꽃과 채소를 섞어 키우는 키 친 가든으로 바꾼 한 선배는 요즘 단톡방에 채소와 나 무 이야기만 올린다. 수국 색깔을 보라색으로 바꾸는 방법이나 장미 삽목 시기, 냉동실의 묵은 도라지 씨앗에 검은 비닐을 씌워 발아시킨 성공담까지. 거의 날마다 흥분한 목소리가 들린다. 가드닝이야말로 신대륙 발견이라는 선배. 이른 봄부터 늦가을까지 심심할 틈 없는 자기몰입형 인간이다.

느닷없이 목공 클래스에 등록하더니 직접 깎은 숟가락이랑 도마를 보내오는 친구도, 한달살이로 여행 간 강릉에 반해 아예 작은 집을 구해 이사하는 바람에 강릉 시민이 된 친구도 있다. 인생 후반부에 극적인 반전을 도모하는 모습, 은근 사랑스럽다.

식사 약속이 많아 바빠 죽겠다는 친구들은 "백수가 과로사한다더니, 내가 딱 그렇지 뭐냐." 하며 시들지 않는 인기를 뽐낸다. 퇴직 후에도 일상을 꽉꽉 채워 살아야 뿌듯한 이들이다.

나는 좀 느슨하고 게으른 편을 택한다. 누군가를 의무 비슷한 감정으로 만날 필요가 없는 날들이 편안하다. 바쁘고 싶지 않다. 더 이상 내 능력을 증명해 보이거나 경쟁하지 않아도 되는 나이. 타인의 눈에 어떻게 보일지 나 자신을 포장하지 않아도 되는 지금이 나에게는 진짜 자유다.

낡아가는 몸은 이곳저곳 신호를 보낸다. 10년 전 오른발 인대 파열을 겪었는데, 올해 들어 조금씩 통증이 도지고 있다. 오른쪽 무릎도 뭔가 신호를 보내는 듯하다. 너무 많이 걷지 말라는 메시지일까? 하지만 걷지 않으면 사는 게 아니라고 생각하는 나는 겁이 난다. '걷는 인간'으로 사는 하루하루가 새삼 소중하게 느껴진다. 인간의 존엄은 "내 발로 화장실을 출입할 수 있는 딱 그때까지만."이란 말을 갈수록 실감한다.

신체 능력의 저하는 뜻밖의 효과를 가져오기도 한다. 우선 겸손해진다. 내 경우, 시력이 나빠지고 잇몸이 흔들리고 근육 감소증까지 진행되고 있어 도무지 잘난 척할 수 없다. 오래 살수록 암에 걸릴 확률도 늘어난다지. 노화가 없다면 나를 포함한 인간들은 겸손해질 기회를 갖지 못할 수도 있다.

동시에 인생의 우선순위가 자동 재조정된다. 한때는 아주 중요했던 것들이 하찮아진다. 스타일리시한 브랜드 정장이나 가죽가방을 갖고 싶어 했던 젊은 날은 거의 전생처럼 아득하다. 편한 티셔츠 두서너 장이면 한 해가 너끈해졌다. 무거운 가죽가방을 집어 던지게 만든 건 오십견 통증이었다. 새끼발가락에까지 티눈을 박던 높고 불편한 구두는 신발장 속에서 고요히 낡아가고 있다. 이젠 컴포트화 외에 신을 수 있는 신발이 없다.

최첨단 새 아파트나 값비싼 차, 두둑한 통장 잔고도 예전만큼 부럽지 않다. 뭔가를 더 이상 소유하고 싶은 생각이 줄어들었기 때문이다. 이제 나에게는 함께 밥을 먹고, 영화와 치맥을 즐기고, 여행을 갈 친구 몇몇이 더 중요하다.

좋은 책을 돌려 읽자는 독서광 친구를 둔 덕에 러시아 역사를 읽고 시집을 읽고 연암 박지원을 읽는다. 취향 공동체인 친구들과 서로 OTT 영화와 다큐를 추천하며 즐거운 수다의 물꼬를 튼다.

직접 만든 음식을 우리 집으로 곧잘 보내주는 친구

들이 있다. 김장철엔 전라도 친정집 김치와 경상도 시댁 김치를 나눠 먹는 연례 김치 파티까지 열린다. 홈메이드 비건 커리나 샐러드, 물김치, 열무김치, 오디잼, 오이지 등 온갖 친구표 밑반찬이 메시지 알림과 함께 현관 앞으로 배송된다. 음식을 만들어 나눠 먹는 재미가 쏠쏠하다. 동네 인맥은 서로 연결되어 있다는 느낌을 주기에 더 든든하다.

내 삶은 점점 단순해지고 있다. 격렬한 60년을 살고 난 후 일종의 절전모드로 접어든 느낌. 덜 쓰되 잘 먹고 잘 자기, 많이 웃고 틈틈이 걷기가 요즘 주요 일과다.

덕분에 이른 봄 연둣빛 새싹이 솟아나고, 진달래꽃 봉오리에 갇혀 있던 꽃잎들이 터져 나오는 순간을 숨죽이며 들여다본다. 놀이터에서 뛰노는 아이들을 지켜보는 젊은 엄마들의 웃음소리가 갈수록 흐뭇하다. 우리 동네 아이들 모두가 "태어나서 참 좋다."고 생각하는 삶을 살기를 마음속으로 기도한다.

내 목표는 완주다. 완전하지는 않지만 비교적 건강

하게, 당분간 계속될 삶의 여정을 끝까지 가보는 것이다. 그러려면 봇짐은 가볍게 꾸리는 게 맞다. 물론 제아무리 호탕하게 출발한들 어느 시점부터 고독과 질병의 연대기로 바뀔 가능성이 더 크겠지. 갈수록 예측 불가능한 게 노년이니까. 그럼에도 불구하고 호기심 가득한 명랑한 노년 탐사는 쭉 계속될 것이다.

3장

놀고먹을
권리를
획득
했습니다

앞으로 나에게 남은 날을 세는 지혜는 없다. 그렇더라도 남은 날을 어떻게 살아갈지 궁리할 수는 있다. 잘 살아낸 하루하루가 행복한 잠으로 이어지듯이, 하루하루 잘 걷다 보면 마침내 해피엔딩에 이르지 않을까? 그렇다면 지금처럼 내가 좋아하는 것에 욕심껏 연연하면서, 게으르게, 제멋대로 살아봐야겠다.

운동하는
할머니들이

모인
풍경

집을 나와 양재천을 걷다 보면 자연스레 마주친다. 다리 아래 서늘한 공간이나 나무 데크가 깔린 공터에서 혼자 또는 함께 운동 삼매경인 60대 또래 여성들을.

간단한 요가 동작에 몰입한 표정이 사뭇 진지하다. 스쿼트나 런지에 열심인 사람도 있고, 국민체조 동작을 반복하는 이들도 보인다. 코로나19 사태 동안 잠시 활동을 멈췄던 영동6교 아래 라인 댄스팀도 다시 나오기 시작했다. 소나무 공원에 동그랗게 모여 서서 매주 두 번씩 기체조를 하는 그룹도 있다. 적당히 헐렁한 옷차림은 튀지 않고 수수하다. 호감이 간다.

이 나이가 되면 안다. 이제부터 삶의 질을 결정적으로 좌우하는 건 바로 자신의 건강 능력임을. 앞선 세대보다 갑자기 길어진 노년에 당황하면서도 자식들에게 민폐를 끼치고 싶지 않은 심정은 누구나 똑같다.

그 절박함으로 우리는 걷고 스트레칭을 한다. 베이비부머 세대 여성들이 운동하는 할머니로 거듭난 배경이다. 남의 시선쯤이야 별거 아니다. 우리에게는 다이어

트와 건강 챙김이라는 원대한 목표가 있다. 그뿐인가?
우리 세대의 건강은 국가 복지 예산을 절감시키는 애국
적 행동이기도 하다.

공원 러버들을 위한 운동기구가 양재천 주변에도
꽤 많다. 걷다가 싫증 나면 크로스 스테핑이나 허리 돌
리기 동작을 몇 번씩 한 뒤에 다시 걷기도 한다. 공원에
운동기구를 배치하는 기특한 생각을 맨 처음 한 사람은
누굴까? 참 고마운 아이디어다.


무엇을 위한 건강이냐고? 우리는 노년의 날을 '여생'
으로 생각하지 않는다. 나에게 허락된 하루하루를 정말
사람 사는 것같이 살아내고 싶을 뿐이다. 노년의 삶을
무엇으로 채울지 너나없이 모색하고 고민한다. 서툴지
만 이런저런 시도를 멈추지 않는 이유이기도 하다.

예전엔 건강 보조식품이나 관절 보호제, 또는 홍삼
절편을 찾는 선배 할머니들을 속으로 비웃었다. '몸에
좋다는 것들을 챙겨가며 혼자 만수무강하고 싶을까?
나는 저렇게 악착같이 살지 않을 거야.'

그런데 내 나이가 가르쳐줬다. 선배 할머니들의 행동은 자신보다 가족을 위한 것이었음을. 노년에 아픈 모습을 보이기 싫은 건 물론, 부모 돌봄에 대한 자식들의 부담을 어떻게든 줄여주고 싶은 마음이었던 것이다. 부모에 대한 부양의 책임과 의무는 있되 자식으로부터 부양을 기대하지도, 기대할 수도 없는 첫 인구 집단이 바로 지금의 노년층이다.

결국 핵심은 자신의 건강 유지 능력이다. 그래서 걷고 태극권을 배우고 헬스장에 개근한다.

아마도 단군 이래 가장 독립적인 여성 노인들의 등장이 아닐까. 바로 그 평범하지만 비범하기도 한 K-그랜마의 건강 연대기를 써 내려가는 건 각자의 숙제. 그래서 오늘도 나에게 주문을 건다. "Live Actually!"

나 혼자만
늙어가는 게

아니라서
안심이야

친구들이 우리 집에 놀러 오기로 했다. 지루한 코로나19 거리두기로 친구들과의 만남이 몹시 고프던 차에 셋이나 달려온다니 이게 웬 횡재!

부추전과 골뱅이 소면, 그리고 미나리를 넣은 도토리묵 무침을 만든다. 행여 모자랄까 싶어 두부 부침을 추가한다. 한 친구가 돼지 수육을 가져오겠단다. 청양고추와 홍고추를 얇게 썰고 고춧가루와 미림을 휘저어 새우젓 무침을 준비해둔다. 후다닥 세팅 완료!

뭐든 대충 뚝딱해내는 스피드 요리는 내 특기다. 일명 휘리릭 레시피랄까. 과잉 대접과 과소 상차림 사이, 부담스럽지 않은 메뉴 선정도 친구들을 불러대기에 적당하다.


친구들이 가져온 케이크와 딸기까지 합세한다. 수라상이라도 받은 듯 다들 좋아 죽는다. 더 맛있는 건 수다 한판. 무릎 관절염 수술 날짜를 받아놓은 한 친구가 난생처음인 수술이 무서워 밤잠을 이루지 못한다고 하소연한다. 몇 달 전 발목 수술을 받은 수술 선배가 자신의 경험을 들려주며 토닥인다. 목디스크와 갑상선염, 손목 터널증후군에 족저근막염까지 저마다 봇물 터지듯 고통을 호소한다. 순식간에 종합병동이 된 상황. 서로 쳐다보며 "와하하!" 웃음보를 터뜨린다.

그다음으로 삼식이 남편을 날마다 먹여 살리는 활약상이 펼쳐진다. 오늘 끓인 국을 내일 절대 먹지 않는 남편을 둔 친구는 아들을 왕자님으로 키운 시어머니가 원망스럽다며 한숨을 내쉰다. "남편이 옛 직장 동료와 점심 먹으러 나가는 날엔 나도 모르게 웃음 새어 나올까 봐 표정 관리를 한다니까." 친구의 말에 다들 박장대소한다.


코로나19로 어린이집이 문 닫는 바람에 '종일 근무 손주 돌보미'가 된 친구가 말을 잇는다. "아들과 며느리가 청소와 빨래, 요리까지 전부 내맡기는 통에 울화병이 생겼어. 잔뜩 어질러놓고 출근해버리기 일쑤라 혈압은 오르락내리락, 짜증이 불쑥불쑥 치밀어 올라. 손주가 너무 귀엽고 돌보는 보람도 있는데, 그게 괘씸한 행동에 대한 분노를 이기지는 못하더라고."

결혼하지 않은 자식들을 둔 나로서는 잘 모르는 세계라 주제넘은 조언을 건네기보다는 묵묵히 듣는 쪽을 택한다.

직장 다니느라 동동거리며 아이들을 길렀던 우리다. 그 고난의 행군을 끝내자마자 손주 양육자로 또 한번 뛰어야 하는 게 할머니의 운명일까. 문제는 갈수록 떨어지는 체력과 성치 않은 몸이다. 무릎과 허리를 파스로 도배하는 날이 늘어난다. 시도 때도 없이 찾아오는 두통에 시달리기도 한다. 종일 육아로 발생한 고립감도 강적이란다. 혼자만 탈진해가고 있다는 서글픔에 울었다는 친구도, 스트레스성 폭식 습관이 생겨 고민이라는 친구도 있다.

서로에게 털어놓는다고 문제가 해결되는 건 아니다. 하지만 우리 모두에겐 내 이야기를 들어줄 누군가가 필요하다. 두서없는 말을 늘어놓으며 스스로 생각이 정리될 때가 있다. 듣는 이가 던진 한마디에 해결의 실마리가 풀리기도 한다. 그래서일까. 폭풍 수다가 끝날 무렵, 한바탕 살풀이 굿이라도 한 듯 다들 얼굴이 환해진다. 몸속 호르몬 체계가 활성화되는 느낌마저 든다. 누군가 말한다. "친구들아, 나 혼자만 늙어가는 게 아니라서 안심된다. 너희들이 있어서 정말 든든해." 모두 고개를 끄덕인다.

노년으로 진입한 이상 완전히 건강한 몸 같은 건 없다. 오장육부나 근골격계 어딘가 한 군데 이상 삐거덕거리고 아프다. 인공 치아, 인공 관절, 인공 심장 박동기와 함께 약봉지를 끼고 살아야 하는 날이 길게 이어질지도 모른다. 마음도 멍든 상처투성이다. 어떻게 살아야 하지?

정답은 모른다. 그냥 불완전한 채로 재밌게 사는 수밖에. 건강하지 못하더라도 웃을 수 있으면 된다. 속마음을 나눌 진짜 친구 세 명만 있으면 가능할 것 같다. 서로 비슷하게 나이 먹는 일만큼 우리를 뭉치게 하는 게 또 있을까.

나의 행복한 노년을 위해 친구의 행복이 중요해진

오늘. 우리의 생애 중 그 어느 때보다 찐한 우정의 시대
가 시작되고 있다.

명랑한
노년의

핵심 자산은
친구

거리두기가 해제되자마자 약속을 잡은 친구들. 점심으로 비빔밥을 먹고 카페로 자리를 옮긴다. 한 친구가 불쑥 한마디를 던진다. "근데, 아무리 생각해도 결혼에는 유효기간이 있는 것 같아. 각자 다를 수 있겠지만 말이야."

그러자 다른 친구가 딱 잘라 말한다. "결혼의 유효기간? 그거 30년이야." 평소 '한 지붕 별거'를 부르짖던 그녀다.

"말도 안 돼. 무슨 근거라도 있어?" 유난히 사이가 돈독한 남편을 둔 또 다른 친구가 즉각 반대한다.

"하하. 잊으신 모양인데, 결혼은 사회계약이랍니다. 하늘이 맺어준 인연이나 부부 일심동체 같은 건 다 뻥이야. 이쯤 살다 보면 이 계약을 연장할지 말지 결정해야 하는 때가 오는 것 같아."


결혼 재계약이라고? 곧장 불꽃 수다가 시작된다. 오늘 모인 다섯 명 중 남편을 인생 절친으로 삼은 친구는 둘. 나머지 셋은 남편과의 관계가 재정립되는 과정 중이라고 자평한다. 서로의 퇴직 이후, 게다가 코로나19 사태로 강제된 집콕의 현실 속 자잘한 충돌로 부대끼면서 남편을 점점 낯설게 느끼게 된 게 그 이유다.

"아이들 키우고 살림 늘려나갈 때는 저녁 밥상머리에서 온갖 재미난 이야기를 했거든. 서로 직장 고민도 들어주고. 진짜 좋은 의논 상대였어. 그런데 아이들이 독립하고 나니까 별로 할 이야기가 없어지더라고. 각자 관심사가 너무 달라진 거야. 내 남편은 요즘 자전거 라이딩밖에 몰라. 난 햇볕에 타는 것도 싫고 라이딩 할 때 입는 옷도 보기 민망한데 말이야."

듣기만 하던 한 친구가 나선다. "내 남편은 날마다 혼술이야. 직장생활할 적엔 술 많이 마신다고 회식을 싫어하던 사람이거든. 요즘엔 낮술도 자주 마셔. 이러다 알코올 의존자 될까 봐 겁난다니까. 내가 하루걸러 마시라고 했더니 갑자기 소리를 꽥 지르는 거야. 지금 이 사람은 과거에 내가 결혼한 그 남자가 아니야."

'내가 결혼한 그 남자'가 실종된 건 바로 내 이야기

이기도 하다. 거의 30년을 주말부부로 지내는 사이, 우리는 날마다 조금씩 서로에게서 멀어져 갔다.

40대 초반, 직장 문제로 두 아이를 데리고 서울로 떠난 뒤 남편은 홀로 대구에 남았다. 도심 아파트를 벗어나 밤마다 별 보는 재미에 흠뻑 빠져들다 보니 어느새 집에 들인 망원경이 스무 대가 넘었다.

뭐든 뚝딱뚝딱 만들기를 좋아하니 집 안팎엔 공구와 목재, 크고 작은 기계가 널려 있다. 해외 직구를 포함, 신기한 장비들을 사지 않고는 직성이 안 풀린단다. 목공예 강좌부터 용접까지 오만 가지를 배우러 다닌다. 수시로 산에 들락거리다 보니 언덕길에서 굴러 발목이 골절되는 등 크고 작은 안전사고가 끊이질 않아 온 가족을 불안하게 한다.

일반적으로 쓰는 쿼티(QWERTY) 키보드가 불편하다며 글자 위치를 몽땅 재배치하는 자칭 발명가이기도 한 남편. 한술 더 떠 스마트폰 키보드까지 더 쓰기 편하게 재배치하겠다고 기염을 토한다. 최근엔 시각장애인을 위해 모스 부호를 변형한 점자를 만들었다나. '천재 발명가' 행각의 끝은 어디일까?

"천재 놀이 그만하고 어질러놓은 방이나 좀 치워요." 매사에 시큰둥한 내가 못마땅한 그는 구시렁거린다. "이 세상에서 나를 제일 과소평가하는 게 바로 당신이오." 그럴지도 모른다. '자기몰입형 인간'이 되어가는 늙은 남편을 꼴사나워하는 아내의 눈치를 보느라 그도 불편할 테니까.

뇌 구조의 차이로 남편과 그 어떤 취미도 공유하지 못하는 나. 그렇다고 한숨만 쉴 수 있나? 남편의 온갖 활동에 눈살 찌푸려가며 비난하는 건 에너지만 낭비할 뿐이다. 오히려 자기몰입형 남편을 둔 현재 상황을 능동적으로 활용하는 게 이롭다.

나는 밖으로 나가 친구들과 논다. 옛 학교 친구들과 직장 동료, 동네 이웃이 내 친구들이다. 함께 그림을 그리고 텃밭을 가꾸고 중국어를 배운다. 서로의 집으로 초대해 같이 밥을 먹는다. 함께 걷고 춤추고 영화를 보고 여행을 간다.

통계청에 따르면 현재 우리나라 국민 75세의 생존 확률은 54%다. 그러니까 나랑 놀아주고 같이 밥을 먹어줄 친구가 75세까지 반은 남아 있을 거라는 이야기다. 기쁘다. 지금부터 75세까지 가열차게 더불어 놀아야 하지 않겠는가.

80세의 생존 확률은 30%, 85세 생존 확률은 15%로 떨어진다. 친구들보다 내가 먼저 떠나서 그들을 외롭게 하든지, 아니면 같이 놀 친구가 적어진 내가 외로워지든지 둘 중 하나는 확실하다. 그러니 더욱 친구들을 아끼고 귀하게 대접하기로 굳게 결심한다.

학창 시절, 우리는 서로 경쟁하고 질투했다. 직장 인사고과에서 동료에게 밀릴까 봐 전전긍긍했다. 이제는 그러지 않는다. 그럴 이유가 없어졌기 때문이다. 서로 얼굴만 봐도 좋다. 공유하는 한 시대가 있기에 대화는 풍성하다. 오랜 동료 의식은 우정으로, 동지애로 바뀐 지 오래다.

우리는 안다. 함께 놀아줄 친구를 확보하는 게 노

넌기 삶의 질을 향상시킨다는 사실을. 우울할 때 친구를 만나 밥 먹고 커피 한잔 마시면 좀 견딜 만해진다. 친구는 우울증 예방약이자 치료제다. 결국 명랑한 노년의 핵심 자산은 친구라는 이야기다.

우리는 서로 장수 촉진 활동을 벌인다. 강화에 사는 한 친구는 잔병치레가 잦은 친구에게 강화도 특산 인진쑥뜸세트를 보낸다. 무릎 연골 보충제 정보를 교환하고 종합 비타민도 나눠준다. 누구도 일찍 죽지 못하게 서로 방해하기로 맹세한다.

결혼의 유효기간이 끝나더라도 즐거운 우정의 시대가 기다리는데 무엇이 서운하고 섭섭할까? 부부 관계도 마찬가지다. 유효기간 30년을 주장하던 친구가 말한다. "유효기간이 끝나도 이상하게 의리는 남는 것 같아."

다른 친구가 맞장구친다. "맞아. 더 나이 들어서 남편이 아파도 옆에서 함께하며 돌봐줄 생각이야. 일종의 전우애 비슷한 감정? 잘난 척할 때는 얄미운데 정수리 머리칼 빠진 거 보면 왠지 측은하거든. 나, 이러다 보살

되는 거 아냐?"

　한바탕 웃음꽃이 핀다. 남부럽잖은 금슬을 과시하든, 한 지붕 별거나 졸혼 또는 나처럼 간헐적 별거를 하든 이젠 각자 내키는 대로 사는 것이다. 마음에 안 드는 배우자를 원망하거나 미워할 필요가 없다. 뜯어고치려 애쓰지 않는다. 뭔가를 기대하는 바람에 불행해지지 않는다. 그래서 우리는 자유다.

세 번째
30년은

각자
행복할 것

서울에 살면서 남편이 사는 대구를 오가며 지내는 나를 부러워하는 친구가 늘어난다. 30~50대 때까지는 주말부부로 지내며 남편 없이 아이들 키우는 나를 가엾게 여겼는데, 요즘은 달라져도 너무 달라졌다.

"전생에 나라를 구해야만 나이 들어 주말부부가 된다잖아? 나도 한 달에 보름씩 남편 없이 사는 게 소원이야." 오잉?

한 친구는 퇴직한 뒤 주야장천 소파에 누워 〈나는 자연인이다〉를 보며 똥배를 긁어대는 남편이 너무 짜증난다고 말한다. 괜히 점심 약속을 잡아 외출하는 것도 집 안을 어슬렁거리는 삼식이 꼴을 보기 싫어서란다.

사실 나이 60 이후 또는 퇴직 후 부부의 유쾌한 공존은 쉽지 않다. 자식들의 독립 또는 결혼과 함께 부부 간 공동 관심사는 대폭 줄어들게 마련. 집에 함께 있는 시간은 늘어났지만 '한 지붕 별거'가 은근 많아지는 것도 추세라고 한다.

경북 영천의 고향 집으로 귀촌을 선언한 남편을 어

쩌면 좋겠냐고 물어온 친구가 있다. 퇴직 후 3년 동안 귀촌 교육을 받고 목공과 용접 기술까지 익혔단다. "나랑 함께 가기 싫으면 그냥 서울에 살아."라고 말하는 남편에게 고마운 한편 섭섭했다는 친구. 외손주를 돌보는 처지라 당장 따라갈 상황이 못 되기 때문이다.

이야기를 듣던 다른 친구는 '남편과 떨어져 살 절호의 기회'를 심히 부러워한다. "이혼이나 졸혼처럼 남의 눈에 띄지 않으면서도 떨어져 살 명분이 생겼잖아. 밑반찬이나 챙겨 보내주면 나머지 시간은 완전 자유겠네. 정말 좋겠다. 나는 돌아갈 고향 집도 없고 자연인 로망을 실현할 모험심도 없는 남편 삼시 세끼 수발하느라 너무 힘들어." 어떻게 하면 좋을지 대책을 강구 중이라는 친구는 올해 지리산 근처 산청이나 남원으로 한달살이 여행을 갈 거란다.

내 반반살이 라이프 스타일의 장단점을 묻는 그들에게 나는 이렇게 답한다. "만나면 반갑고 헤어질 땐 후련해." 함께 있을 땐 남편에게 방을 치우라거나 인터넷

쇼핑 좀 그만하라고 잔소리 폭탄을 투하해 서로 얼굴을 붉히는 경우가 많다. 하지만 떨어져 있을 땐 카톡으로 서로의 건강을 걱정하고 덕담을 나누는 사이로 돌변하는 웃픈 현실.

배우자와의 슬기로운 거리두기는 우리 모두의 현안이다. 더 이상 '부부 일심동체'라는 이데올로기를 신봉하지 않기 때문일까. 육아와 생업에 몸과 마음을 갈아 넣은 협업의 시대를 대과 없이 끝낸 후 노년기 삶의 질을 고민하고 모색하는 단계로 진입한 까닭이겠지. 나도 자유롭고 상대방도 자유로운 노년. 젖혀둔 옛꿈을 다시 한번쯤 따라가도 좋은 나이가 있다면 바로 지금이 아닐까?

남편이 고향 집으로 가 있는 동안 친구는 스마트폰 잘 쓰는 법을 공부할 예정이다. 더 이상 딸에게 알려 달라는 부탁을 하기 싫어서란다. 또한 요가를 배우며 비틀어진 척추를 바로잡아 허리 통증 없이 편한 잠을 자고 싶다는 친구. 우리는 격려와 응원을 보냈다.

지리산으로 한달살이 여행을 떠날 친구는 '아이패
드로 그림 그리기'라는 유튜브 강의를 챙겨 보고 있다
고 한다. 지리산 둘레길 풍경과 여행 이야기를 자신의
블로그에 담는 게 목표라고. 남편에게 새해 계획을 넌지
시 알리자 맨날 뚱해 있던 남편이 그녀의 구상을 반기
며 지지해줬단다. 한 달 동안 혼자 있을 남편을 위해 몇
가지 간단한 요리 강습도 실시하기로 의논 중이라면서
친구는 말한다. "이제부터 한번 내 멋대로 살아볼 거야.
우린 원래 자유로운 싱글이었잖아."

　　다른 친구가 맞장구친다. "그래, 그리고 뭔가 하나
씩 배워서 지금보다 더 재밌게 살아야겠어." 야심 찬 각
오다.


　　치열하게 함께한 결혼생활 30년은 이미 역사다. 이
제부턴 조금 느슨한 결합 방식으로 전환하면 어떨까?
반 싱글도 나쁘지 않은 선택지다. 금쪽같은 노년의 날을
상대방에 대한 원망이나 비방, 또는 피해의식에 젖어 낭
비하고 싶지 않다. '혼자만의 방'을 상호 인정하면서 가

는 것이다. 서로의 작은 새 출발을 축복하고 응원하면
서 각자 스스로 행복해보는 것이다.

'결혼'
아니고

딸의
'독립' 기념일

서른일곱 살 딸이 집을 떠난 날이 생각난다. 결혼하는 대신 독립인이 되기로 결정하고서는 직장에서 가까운 집을 찾아 구석구석 헤매더니 수서역 근처 오래된 아파트를 얻었다.

딸의 두 절친까지 달려와 함께 이삿짐을 푸느라 그날 오후가 떠들썩했다. 집수리 중에 발생한 수도관 누수를 해결하지 못한 채로 입주를 했다. 먼지가 폴폴 날리는 심란한 장면이었지만 그들의 밝은 음성은 새 출발의 좋은 조짐으로 들렸다. 딸은 집을 얻느라 빈털터리가 됐다며 우리 집 부엌에서 놀고 있는 밥그릇, 냄비, 숟가락에 키친타월과 비누 받침대까지 당분간 뭐든 빼돌리겠다고 했다.

독립 기념일인데 세리머니가 빠질 수 없지. 우리 가족과 딸의 친구들 모두 양꼬치맥에 합의해 동네 양꼬치집에서 지글지글 꼬치를 구우며 맥주를 들이켰다. '뿔뿔이 가족'의 독립 만세 삼창을 외치며 양꼬치맥 파티는 무르익어갔다.

바야흐로 구성원 네 명이 제각각 흩어져 가족을 이루는 롱디 패밀리 모드에 돌입했다. 결혼 37년 만에 독거노인이 된 이날은 곧 내 싱글 시대의 첫날이기도 했다. 나 아닌 누군가를 위해 밥을 짓지 않아도 되는 날이 시작된 건가? 야호! 이 외롭고 자유로운 날들을 무엇으로 채워야 하지?

언제가 되든 웃는 얼굴로 딸과 헤어지고 싶었던 내 꿈은 이뤄졌다. 딸이든 아들이든 자식 인생에 최소 개입 원칙을 굳건히 지켜온 나. 그동안 두 30대 자식들과 얼굴 붉힐 일이 많지 않았던 걸 내 딴엔 성공으로 여긴다.

하지만 스멀스멀 다가오는 이 어둠의 그림자는 뭐지? 제법 씩씩한 척했지만 왠지 버림받은 느낌. 홀로 내팽개쳐진 듯 서글퍼졌다. 게다가 이 거대한 IT 문명 속에서 홀로 각종 모바일 기기에 대처하기엔 능력이 현저히 떨어지는 현실이 실로 엄혹했다. 그간 해결사 딸에게 너무 많은 걸 의존했구나. 뼈아프게 실감했다.

한숨을 내쉬곤 주위의 솔로 친구들을 떠올렸다. 외

로움을 기본값으로 설정하고 꿋꿋하게 살아가는 그들이 갑자기 위대해 보였다. 이제부턴 그 선배님들을 모시고 홀로서기 지혜와 기술을 전수받아야겠지. 자식의 독립은 엄마인 나의 독립이기도 하니까.

어쨌든 각자의 자리에서 각자 행복하기. 롱디 가족에게 주어진 공통 숙제다.

동네
건달 할머니

추가요!

독거노인이 된 지 1년 반. 자식들이야 직장 때문에 독립했다지만 60대 남편과 내가 대구와 서울에 따로 사는 건 좀 수상하게 여기는 시선이 있다. 일반적이지 않다나. 뭐, 상관없다.

딸이 집을 얻어 떠난 뒤 살짝 빈 둥지 증후군이 스쳐 지나갔다. 정말 살짝인 게, 두 달 만에 웬만큼 적응했다. 이제는 외롭고 자유로운 하루하루가 느긋하다. 아침 일찍 출근하는 딸을 의식하지 않게 되니 한껏 게을러졌다. 누룽지든 토스트든 내 마음대로 아침밥을 먹는다. 그다음은 커피를 마시며 종이신문을 읽는 고전적인 모닝 루틴을 즐긴다. 이후 중국어 복습과 예습을 한다. 입력되자마자 사라지는 단어들과 씨름하는 시간이다.

점심이나 커피 약속이 있으면 좋고, 없어도 상관없다. 한 시간가량 양재천을 걷고 간단히 장을 본 뒤 집으로 돌아온다. 읽고는 싶지만 너무 두꺼워 여전히 숙제로 남아 있는 책 『코스모스』가 눈에 띈다. 실제로 책을 보기 전엔 이렇게 두꺼운 줄 몰랐다. 색인까지 합해 무려 720쪽. 한숨이 나온다. 오디오북으로 내용 요약 강의

부터 들어볼까.

책을 던지고 소파로 간다. 그런데 털썩 앉기만 하면 거의 눕게 되는 건 뭐지? "누가 소파를 앉으려고 사니? 누우려고 사지." 느닷없이 떠오른 광고 카피에 웃음이 터진다. 딱 내 이야기다. 누운 김에 저녁 메뉴를 구상한다. 만두를 구울까, 오랜만에 프라이드 닭 날개를 주문할까? 아니면 김치볶음밥? 내일 아침은 또 뭘 먹지?

가만, 너무 태평한 거 아냐? 혼자 유유자적하고 있자니 왠지 좀 켕긴다. 그렇다면 60대 후반 독거노인의 표준형 라이프 스타일과 마음가짐은 무엇일까.

나를 포함한 베이비부머 세대는 "밥값을 하라."는 압력을 받으며 60년을 살아왔다. "최선을 다하라."는 구호 또한 끝없이 스트레스를 유발했다. 우리보다 더 헝그리 세대였던 부모의 기대와 격려도 우리를 끝없이 달리게 한 엔진이 아니었나.

그 때문에 퇴직 후에도 스스로를 옥죈다. '가만히 있으면 안 돼. 밥값을 해야지. 안 그러면 난 쓸모없는 인간이야.' 그 결과 충분히 쉴 권리가 있는데도 쉬지 못한다. 할 일 없이 시간을 죽이는 데 죄의식까지 느끼기도 한다. 퇴직 후 놀 권리를 주장하지도, 누리지도 못하는 이들이 꽤 많다.

누군가 우리 세대에게 말해줬으면 좋겠다. "열심히 일한 당신! 드디어 놀고먹을 권리를 획득했습니다."라고. 까짓 밥값을 더 이상 못하더라도 괜찮다고 주장할 권리, 우리에게 있다고 본다.


존재감 제로의 심심한 하루하루 속엔 뜻밖에 사소한 즐거움이 있다. 연보랏빛 새벽이 어떻게 다가오는지, 봄날 길가의 노란 애기똥풀이 어떻게 피어나는지를 지켜보는 일이 그렇다. 집 근처 빵집 앞을 지나다 빵 굽는 냄새와 커피 향에 코를 벌름거리는 재미도 있다. 빵집 문을 밀고 들어가 커피와 크루아상을 주문할 수도 있다. 일상 속 작은 즐거움의 순간은 무궁무진하다. 그것을 발굴해내는 재미, 괜찮지 않은가?

내 인생이 꼭 남들만큼 행복해야 하는 것도 아니다.

행복하면 물론 좋겠지. 하지만 쓴맛이야말로 인생의 진짜 맛이라던 인생 대선배의 말씀이 생각난다. 쓴맛, 단맛, 짠맛, 매운맛을 풀코스로 골고루 맛보는 게 진짜 인생이라던 그분. 멋진 관점이다.

굳이 최선을 다하지 않아도 되고 적당히 게을러도 괜찮은 날들이 눈앞에 있어서 기쁘다. 동네 건달 할머니로 발랄하게 살아갈 앞으로의 날들이 엄청 기대된다.

"열심히 일한 당신!
드디어 놀고먹을 권리를 획득했습니다."

딸의
친구들과

함께 노는
즐거움

설 전날, 딸과 딸의 친구들이 우리 집에 왔다. 모두 30대 중후반의 싱글로, 명절 때마다 함께 차례상 준비를 돕는 갸륵한 '명절 가족'이다. 육전 맛집의 명성을 이어가야 한다며 딸과 친구들은 팔을 걷어붙인다. 양념한 소고기를 곱게 펴서 밀가루를 묻히고 달걀물에 적시는 업무가 분담된다. 고소한 기름 냄새와 웃음소리가 집 안을 가득 채운다.

갓 부친 육전과 향긋한 와인이 차려진다. 먹성 좋은 그들이 무장 해제되는 시점이다. 각자의 근황을 업데이트한다. 애인과 헤어졌다는 보고도 스스럼없다.

화이트 와인 한 병을 들고 나타난 오 약사는 경북의 한 약국에서 2년 가까이 근무한 뒤 서울로 올라왔다. 우리 딸과는 대학 시절 해비타트 활동차 몽골에 집 지으러 갔다가 만난 사이다. 딸부잣집 아버지 놀이에 신이 난 내 남편, 명절 딸들에게 궁금한 게 많다. 페이 약사로서 일한 곳의 고객 특성을 묻는다.

"60~80대 여성들이 많았어요. 산부인과나 비뇨기

과 진료를 꺼리는 노년 여성분들이 남몰래 고통받아온 질환들에 대해 이야기하시더라고요. 다들 우리 외할머니 같은 분들이어서 고민 상담을 해드리게 됐어요. 처방전을 가져오시든 안 가져오시든 아는 만큼 도와드리는 게 약사니까요. 그러다 보니 친절하다는 소문이 나면서 손님들이 몰리기 시작했고요."

여성 노인들의 삶의 질을 좌우하는 건강 이슈의 숨겨진 이면에 대해 생각이 많아졌다는 그녀. 한편 외지인 약사로서 주변 토박이 약사들의 은근한 견제를 경험한 것도 의미 있는 세상 공부였다고 한다.

또 다른 친구는 내가 부탁한 물오징어 네 마리를 들고 왔다. 직장을 그만둔 뒤 실업급여를 받으며 열공, 최근 청소년상담사 2급 자격증을 취득했다. "상담 실무 경력을 쌓는 게 당장 급한데, 요즘 청소년 상담 일자리가 경력 보유자들의 각축장이에요. 그래서 파트타임보다 풀타임 상담사로 취직하기가 더 쉬운 편이에요." 면접 보러 다니느라 좀 여위었지만 의욕 충만한 눈빛을 반짝반짝 빛내며 우리를 안심시킨다.

육전 파티 후 오후는 브레이크 타임. 딸은 친구들과 지하철 두 정거장 거리인 자기 집으로 갔다. 임시보호 중인 강아지를 보여주기 위해서다. 저녁엔 아들까지 합류, 동네 먹자골목에 있는 와인 바에서 2차를 벌였다. 와인 리스트는 국적과 품종별로 방대하고 안주는 직접 가져오거나 주문 배달하는 개성파 가게다.

아들이 먹고 싶다는 대방어 한 접시를 동네 테이크 아웃 횟집에서 픽업했다. 치킨은 단골 가게에서 주문하고 피자는 배달 앱으로 해결. 순식간에 설 이브 잔칫상이 차려졌다. 와인 박사 학위 소지자임이 분명한 사장님은 비스킷을 리필해주며 와인에 관한 질의응답에 성실히 임한다. 이래저래 기분 좋은 시간! 과음과 과식은 피할 수 없다.

파티의 마지막 순서는 김장 김치 나눠주기다. 올겨울 친구들이 보내준 김치를 혼자만 먹기엔 찔려서 딸의 친구들에게도 나눠준다. 남부끄러운 음식 솜씨를 자랑하는 내가 다진 마늘을 과다 투입해가며 양념한 LA갈비도 챙긴다. 올가을 추석 이브에 또다시 명절 가족으로 재회하자며 유쾌한 작별 인사를 나눈다.

어릴 적 딸은 집에 놀러 온 내 직장 동료들을 "이모."라고 부르며 함께 놀았다. 지금도 내 친구들과 잘 어울린다. 이제는 내가 딸의 친구들과 함께 노는 즐거움을 누릴 차례인가. 때때로 내 사회 친구를 연결시켜주기도 하는 터라 이 네트워크는 확장 일로다.

나는 그들의 이야기를 좋아한다. 각자 처한 난관을 털어놓되 상황을 객관화하는 지성을 갖췄다. 사회생활의 좌절과 우울함을 비틀어 녹여내는 경쾌한 유머까지 지닌 그들이 사랑스럽다. 윗세대에 대한 비판이나 일상 속 자신의 어리숙함을 개그 소재로 활용해 모두를 웃게 한다. '케바케'나 'JMT' '많관부' 같은 신조어를 익히는 시간이기도 하다. 명절 가족이 어느덧 확대 가족다운 '케미'를 이뤄낸 것은 유쾌발랄한 그들 덕분이다.

나에게는 인도 뭄바이에 롱디 딸이 두 명 더 있다. 딸이 인도에서 공부하던 시절 친해진 엘레노어와 싱글

맘 암발리카다. 엘레노어는 딸의 셰어하우스 메이트였고 암발리카는 클래스 메이트였다. 딸을 보러 뭄바이에 다녀간 나를 그들은 "오마니."라고 불렀다. 내가 두 딸에게 발급한 서울 집 숙식권의 유효기간은 무제한이다.

몇 년 전 추석, 서울에 놀러 온 엘레노어와 함께 양재천을 걸었다. 인도 전통 의상 쿠르타를 차려입고 내 친정집의 추석 파티에까지 참여, 폭발적인 인기를 누렸다. 이제 역병도 거의 물러갔으니 인도의 두 딸이 다시 와줄까? 그날이 기다려진다.

우리 모두는 혈연 가족에서 태어나 성장 후 그 울타리를 넘는다. 비혈연의 우정과 신뢰에 더 많이 기대어 세상살이 풍파를 견뎌낸다. 좋은 친구들, 동료들과 부대끼며 함께 성장하고 무르익어간다. 이 위대한 진리를 터득한 딸과 친구들의 우정이 계속될 것을 믿는다. 그들의 존재가 날로 든든해지는 이유다.

90대 엄마와
60대 딸의

좋은
하루하루

대구의 사과밭 골짜기, 동네 친구들이 뭔가를 들고 찾아온다. 잔뜩 약이 오른 끝물 풋고추와 애호박, 표고버섯 한 소쿠리다. 텃밭에서 기른 배추에 홍고추를 갈아 넣어 담근 특급 김치도 슬쩍 현관에 놓고 간다.

전어회 무침 한 접시를 들고 온 이웃이 우리 엄마 옆에 바싹 다가앉아 말한다. "우리 엄마가 살아 계셨으면 딱 95세예요." 귀가 잘 들리지 않는 엄마가 애매한 미소를 띠고 손을 맞잡으니 갑자기 이웃의 울음보가 터진다. "엄마한테 너무 못 해드려서 후회돼요." 우리 엄마를 보니 자신의 엄마 생각이 간절해진 것이다. 회갑이 되기도 전에 암으로 세상을 떠날 줄은 미처 예상치 못했다고 한다. 한참 어린 남매를 키우며 칼국숫집을 운영하느라 하도 정신이 없어 아픈 엄마를 챙길 여유가 없을 무렵이었단다.

"고깃집 한 번을 모시고 가지 못했어요. 그렇게 일찍 떠나실 줄 알았다면 장사를 하루 집어치우고라도 엄마랑 외식하러 가는 건데. 그래서 나이 먹을수록 더, 일찍 떠난 엄마가 그립고 야속하기까지 해요. 왜 남들 다 하는 효도 한번 할 기회를 안 주냐는 거예요. 딸을 불효녀로 만들어놓고 떠나면 나는 어쩌라고요."

집안 형편 때문에 남동생만 대학에 보낸 엄마를 원망한 적도 많았다고 한다. 그렇기에 미안함을 만회할 기회가 영영 사라진 게 더욱 한이 된다는 것이다. 눈물 콧물을 훔치고 난 그의 결론은 명쾌하다. 엄마한테 '지금' 맛난 거 많이 사드리고, 좋은 곳 많이 드라이브시켜드리고, 용돈 많이 드리라는 것.

엄마에게 효도할 날이 아직은 남아 있는 나는 어떤지 되돌아본다. 사위 집에 한달살이 하러 온 엄마. "엄마, 쉬세요!"란 말을 싫어하는 그녀답게 일감을 찾아 집안팎을 뒤진다. 단순 반복 작업에 최적화된 캐릭터인지라 온갖 텃밭 일감이 딱 맞춤이다. 들깨 털고 잡티 날리기, 마늘 쪼개서 심기, 토란 캐고 토란대 쪼개 널기에 엄마는 신이 난다. 모기와 풀벌레에 물려 팔다리를 벅벅 긁어대면서도 지칠 줄 모르신다.

집 안에도 일감은 풍부하다. 가을 햇볕이 아깝다며

날마다 이불과 요를 빨랫줄에 널어 고슬고슬하게 말린다. 돈 안 드는 태양 에너지를 최대한 활용하는 생활의 지혜에 절로 감탄이 나온다. 콩나물과 멸치 다듬기, 마른빨래 개켜 서랍에 넣기는 거의 엄마 전담이다. 부엌일에 대한 감각을 잃지 않도록 하는 게 치매 예방에 효과적이랬지. 부추 겉절이나 호박잎 쌈 만들기도 엄마에게 부러 부탁한다.

끼니마다 따뜻한 밥과 국을 대령하는 건 내 기쁨이다. 집 안팎을 들락날락하느라 밥맛이 좋아진 엄마는 참 맛있게 드신다. 삼시 세끼 따뜻한 밥 먹여줘 고맙고 미안하다는 인사까지 꾸벅 챙긴다.


96세 엄마의 일상을 지켜보는 일은 내 노년을 위한 선행 학습이기도 하다. 10여 년째 청각 장애를 안고 살아야 하는 하루하루가 어찌 고달프지 않을까마는, 엄마는 매일 씩씩하게 동네 산책길을 걷고 실내 체조를 거르지 않는다. 소식하는 습관은 엄마의 건강 비결 중 하나다.

"지금이 좋을 때다!"

90대 엄마가 60대 후반이 된 나에게 자주 하는 말이다. 엄마 덕분에 나는 젊은 척, 활기찬 척 좋은 오늘을 살고 있다. 엄마에게도 지금이 좋은 하루하루였으면 좋겠다. 부는 바람에 촛불이 꺼지듯, 자다가 고통 없이 세상 떠나는 게 엄마의 목표. 그날을 향한 엄마의 성실한 완주를 격하게 지지하고 응원한다.

매일 씩씩하게 산책하고 체조하며 하루하루를 보내는 엄마.
96세 엄마의 일상을 지켜보는 일은
내 노년을 위한 선행학습이기도 하다.

길례 씨의

96번째

봄날

오랜만에 친정집에서 나의 엄마 길례 씨와 점심을 먹는다. 엄마와 함께 사는 내 남동생 내외는 외출 중이라 집 안은 고요하다. 오후는 엄마의 산책 시간. 기분 좋은 봄바람이 살랑살랑 부는 산책로에 남편과 함께 따라나선다. 둘째 딸과 사위를 앞세워 신이 난 길례 씨. 96세라는 나이가 믿기지 않을 만큼 꼿꼿하게 또박또박 걷는다.

　　멈춰 선 곳은 산책로 곳곳에 놓인 운동기구 앞이다. 스테퍼에 조심스레 올라 힘껏 구르듯 걷기를 3분, 큰 바퀴를 돌리는 어깨 스트레칭 3분, 자전거 타기 3분. 잠시 벤치에 앉아 쉬며 물 한 모금 마시고 다시 걷는다. 또 다른 운동기구도 조금씩 해보며 길례 씨가 말한다. "산책로나 동네 공원에 운동기구가 많아서 너무 좋더라. 나이 들면서 점점 근육이 빠져 몸이 흐물흐물해지는데, 그럴수록 장딴지나 허벅지 근육을 조금이라도 되살리고 싶거든."

　　진심으로 공감하는 부분이다. 나 역시 65세를 지나며 근육 감소증이라는 위태로운 경지를 시시각각 실감

중이기 때문이다. 운동기구 러버인 장모님을 따라 탄천 산책로의 다양한 운동기구를 듬뿍 체험한 남편이 길례 씨의 건강관리 능력을 칭송한다. "운동기구 설명을 열심히 읽으시네요. 그대로 따라 하시는 모습 참 보기 좋으십니다. 안 해본 것에 도전하는 것도 멋지고요. 최강 장모님, 엄지 척!"

청각 장애가 심해져 사위의 말을 잘 알아듣지 못하지만 그래도 엄마는 환하게 웃으신다. 장애 때문에 매사에 소심해졌지만 호기심은 줄어들지 않았다.

그러고 보니 엄마의 돈 안 드는 건강관리 비법을 딸인 내가 전수받아야 할 처지다. TV를 보면서도 쉬지 않고 발끝 부딪치기를 하며 노인복지관에서 배운 깨알 건강 팁을 실천하는 길례 씨. 작년까지만 해도 나는 그런 엄마를 놀려대기 바빴다. "아휴, 엔간히 애쓰시네. 적당히 하세요. 지나친 건강은 인간을 겸손하지 못하게 만든다니까요."

하지만 어느 순간 저절로 알게 됐다. 엄마의 운동은

자식들의 복지를 위한 분투라는 것을. 내가 겪지 않았다면 절대로 이해하지 못했을 사실이다. 길례 씨가 제일 두려워하는 건 자신의 건강하지 못한 장수로 자식들에게 민폐를 끼치게 될 미래. 또 하나 무서워하는 건 어느날 거동이 부자유해져 어쩔 수 없이 요양원으로 가야만 하는 날이 오는 것이다.

엄마는 말한다. "요즘 밤마다 부처님께 딱 한 가지만 기도해. 잠자다가 세상 떠나게 해 달라고. 그것 말고는 다른 소원이 없어."

다행스럽게도 길례 씨의 소원이 이뤄질 가능성은 당분간 별로 없어 보인다. 하나뿐인 소원을 이루지 못한 아침에도 엄마는 웃으면서 일어난다. 변함없이 스트레칭을 하고 모닝 루틴인 신문 읽기를 끝낸 후 아침을 드신다. 봄부터 가을까지 거의 날마다 찐옥수수나 떡 도시락을 들고 동네 공원으로 나 홀로 소풍을 간다. 산책을 하고 벤치에 앉아 책을 읽고 운동기구 순례 일정을 성실하게 수행한다.

눈물 나게 예쁜 봄을 다시 한번 맞은 엄마. "들여다볼수록 봄꽃들이 기특해. 약하고 작은 것들이 겨울을 견뎌내고 연둣빛 이파리를 피우는 걸 봐라. 세상에 제일 힘센 건 바로 봄이야."

90대 엄마의 느릿느릿한 일상 궤적을 따라가면 그곳에 미래의 내가 보인다. 머지않아 다가올 내 70대와 80대의 날들은 어떤 모습일까? 그 알 수 없는 시간들을 무엇으로 채우게 될까?

길례 씨가 말한다. "몸은 해마다 늙고 낡아가도, 오는 봄은 모두 새봄이더라. 이런 예쁜 봄날에 내 두 발로 걸을 수 있는 오늘이 너무 좋다. 특별히 바랄 게 하나도 없어."

아찔하다. 특별히 바랄 게 없어져 마침내 얻은 자유로움이라니. 평생 원망스러워 하기만 하던 당신 남편에 대한 기억마저 이미 전생처럼 아득해진 게 분명하다. 그 누구의 도움도 아닌 자신의 힘으로 이룩한 평화. 엄마는 스스로 행복이라는 자가 발전기를 돌려 지금 이 순간, 존재 자체를 누리고 계신다.

경축! 이 행성에서 맞이하는 박 여사의 96번째 봄날
이다.

세상은
시시한

즐거움으로
가득하다

친구들과 제주도로 여행을 왔다. 올레 11코스, 모슬포~무릉 곶자왈 사이 17㎞를 걷는다. 이 구간은 거의 묘지 투어다. 개인 묘지, 문중 묘지, 공동묘지와 마을 묘지까지. 끝없는 무덤들 사이로 난 길을 걷는다.

제주 무덤의 비주얼은 강렬하다. 동그란 무덤을 네모나게 둘러싼 검은색 돌무더기 담장 덕분일 것이다. 개인 무덤은 감자밭이나 메밀밭 가운데 불쑥 놓여 있다. 할머니와 할아버지, 어머니와 아버지가 평생 땀 흘리며 일군 바로 그 감자밭에 그들을 묻은 후손들은 또 그 밭에서 땀 흘려 일한다. 그리고 아이들은 일하는 부모 옆에서 자란다.

제주 무덤은 섬의 소문난 비바람에 거침없이 노출되어 있다. 죽은 이들은 살아 있는 동안 겪었던 폭풍우를 여전히 말없이 겪어낸다. 누구에게든 쓴맛, 단맛 제대로 맛본 한세상이었을 것이다. 그들은 울고 웃고 때로 몸부림치며 각자의 방식으로 살아낸 생애를 끝마친 후련함을 느끼며 여기 누워 있을까?

죽음이 삶과 가깝게, 그것도 아주 가깝게 함께 있음을 늘 목격하고 실감하는 방식, 바로 제주 무덤이다. 어머니와 아버지를 감자밭이나 당근밭에 묻은 후손들도 잘 알고 있으리라. 언젠간 그들 또한 검은 돌담 무덤 하나로 남으리라는 것을. 먼저 떠난 이들은 어떤 말을 들려주고 싶을까? 궁금하다. "사랑하는 아그들아, 천천히 재밌게 잘 살다 오렴." 살아 있는 이들을 축복하는 죽은 이들의 목소리가 새들의 지저귐과 어우러지는 묘지 풍경은 고요하고 평화롭다.

문중 묘지나 공동묘지, 마을 묘지에 묻힌 이들은 심심치 않을 것 같다. 나보다 잘나간다고 시샘하거나 사소한 일로도 부딪치던 친척 혹은 이웃끼리 무대를 옮겨서도 정답게 티격태격하고 있지 않을까. 웃음이 난다.

무덤 사잇길을 걷는 우리에게도 죽은 이들이 들려줄 이야기가 있을 것 같다. 사는 게 아프고 고통스러워 느닷없이 비행기를 타고 육지에서 날아온 우리다. '인생에 별 의미가 있는 게 아니야. 넌 특별한 존재도 아니고 말이지. 특별해야 한다고 생각하기 때문에 외롭고 괴롭

잖아. 그냥 한 포기 풀꽃처럼 가볍게 살아봐.' 삶을 먼저 살았던 선배들의 목소리가 들리는 듯하다.

갑자기 배가 고파진다. 신평 곶자왈 '비밀의 숲'으로 들어가려면 든든히 먹어둬야 한다. 일행을 따라 외딴 식당에서 돼지 수육 정식을 먹는다. 과연 제주 돼지고기, 맛있다! 물집 생긴 왼발까지 다시 힘이 솟는다. 함께 걷고 밥 먹는 친구들이 새삼 고맙고 사랑스럽다.

곶자왈 원시림 속 모기 녀석의 따끔한 공격을 받는다. 이럴 때마다 생각나는 하이쿠가 있다.

"얼마나 운이 좋은가.
올해도 모기에 물리다니."

일본 에도시대 하이쿠 천재 고바야시 잇사(1763~1827)의 한 줄을 떠올리며 혼자 실실 웃는다.

앞으로 나에게 남은 날을 세는 지혜는 없다. 그렇더

라도 남은 날을 어떻게 살아갈지 궁리할 수는 있다. 잘 살아낸 하루하루가 행복한 잠으로 이어지듯이, 하루하루 잘 걷다 보면 마침내 해피엔딩에 이르지 않을까? 그렇다면 지금처럼 내가 좋아하는 것에 욕심껏 연연하면서, 게으르게, 제멋대로 살아봐야겠다.

너무 훌륭하지 않기. 후회나 자아 성찰도 너무 많이 하지 않기. 왜냐고? 이미 지나간 일은 돌이킬 수 없으니까. 어느 누구도 지나간 일의 기억에서 자유롭지 못하겠지만, 그렇다고 자신을 너무 비난할 필요는 없다. 내가 저지른 잘못엔 그 나름의 이유가 있었을 테니까.

낑낑대면서 17km를 걸어준 두 다리가 있어서 행복하다. 내가 직립보행하는 인간이라는 사실이 자랑스럽다. 내 무릎 관절과 발목 인대는 조금 부실하다. 거기다 노안이 겹친 고도 근시와 비염까지. 하루하루 낡아가는 몸의 한계 덕분에 예전엔 미처 보고 느끼지 못했던 아름다움에 눈뜨는 요즘이다.

새봄에 돋아난 풀잎을 보며 세상에서 가장 경이로

운 색깔은 연두색이라고 생각한다든지, 아파트 놀이터에서 뛰노는 아이들의 웃음소리가 갈수록 사랑스럽게 들린다든지, 만날 때마다 밥을 사도 하나도 안 아까운 친구들이 있어서 신이 난다든지, 창밖으로 내리는 비를 보며 끓여 마시는 커피의 맛에 좋아 죽는다든지. 정말이지 세상은 시시한 즐거움으로 가득하다.

이 모든 게 나이 듦의 선물! 앞으로의 날들에는 어떤 일이 벌어질까. 몸은 계속 낡아가고 병들고 빌빌대며 불쌍해지겠지. 그럴 때마다 제주의 검은 돌담 무덤을 떠올릴 것 같다. 지상의 괴로움과 즐거움으로부터 해방된 죽음을 많이 만난 오늘, 참 좋은 하루다.

생일엔
죽음을

생각해보는 것도
좋아

오래 알고 지낸 어른이 돌아올 수 없는 먼 길을 떠나셨다. 영정사진 속 그분은 환하게 웃고 계신다. 반면에 검은 옷을 차려입고 모여든 이들은 최고로 엄숙한 표정을 짓고 있다. 병상에 누워 수년을 고생한 고인에게 흰 국화 한 송이를 드린다. 85년 동안 갇혀 있던 육신으로부터 마침내 놓여난 날이 아닌가. 나는 고요히 해방을 축하드린다는 메시지를 보낸다.

그 해방 기념 리추얼의 현장인 장례식장, 검은색 상복과 휘장과 인테리어를 나는 반대한다. 사랑하는 이를 잃어 슬픈 건 우리 사정이 아닐까. 그는 이미 이곳을 떠나 '천 개의 바람'이 되었을 테니 말이다. 지상의 온갖 괴로움과 즐거움으로부터 마침내 자유로워지는 극적 반전. 죽음은 그런 '옮겨감'이기도 하다.

조문에 동행한 친구가 말한다. "죽음이 가까워지면 세상살이 근심 걱정은 모두 도토리가 된다더라. 그 어른도 그러셨을 거야. 생전에 아들 걱정이 많으셨지만 마침내 자유로워지셨을 게 분명해. 우리 너무 마음 아파하지 말자."

가만히 고개를 끄덕인다. 물론 '그날'이 오기 전까지는 우리 모두 땅 위의 욕망과 미련으로부터 초연하기란 불가능하겠지만 말이다.

방법은 하나다. 뒤죽박죽 조금 엉망인 채로, 불완전한 채로, 지금을 신나게 살아내는 것이다. 물론 쉽지 않다. 어느 노래 가사처럼 "있는 그대로 너를 사랑해."라고 말하지만, 그런 사랑이야말로 뼈를 깎고 피를 말리는 고행이 아니던가. 그러니 반드시 다른 하나를 기억해야 한다. 지상에서의 하루하루가 '이번 생의 종착역'까지의 긴 여행이라는 것을. '메멘토 모리(Memento Mori)', 죽음을 기억하라는 뜻의 라틴어다.

루마니아 북서부에 위치한 서픈차(Sapanta) 마을엔 세계문화유산에 등재된 '즐거운 공동묘지(merry cemetery)'가 있다고 한다. 마을 사람들의 묘비에 각 개인이 살다 간 스토리를 기록하거나 떠나기 전 한마디를 새긴 후 알록달록한 그림을 곁들였다.

"나는 푸줏간을 평생 지켰고, 마누라랑 투닥투닥 싸우면서 재밌게 살았어. 너희들도 나처럼 신나게 살다 가길 바라."

"나는 일곱 살 때 집 앞을 지나가던 미친놈의 차에 치여 죽었어. 너희들은 길 건널 때 차 조심하고 나 대신 오래오래 살다 오렴."

"나, 드미트리는 45년간 투이카를 사랑했어. 그녀는 나에게 기쁨과 고통과 눈물을 주었지. 결국 투이카는 나를 파멸시켰고 죽음으로 내몰았어. 어쨌든 나는 그녀의 발밑에 묻혔으니 이번 생은 그리 나쁘지 않았어."

죽음을 칙칙하고 음울하게 받아들이지 않는 태도. 이건 앞으로의 삶을 어떻게 살아가야 할지 영감을 준다.

우리 생애는 어쩌면 80년짜리 여행 상품이 아닐까. 이를 대박 나들이로 만들지, 허탕 선물 박스로 만들지는 각 개인의 결단 또는 역량에 달려 있다.

며칠 후면 내 생일이다. 이제부터 나에게 생일은 죽

음을 생각해보기 좋은 날이다. 이 행성에서의 남은 여정을 웃는 얼굴로 걸어가는 데 도움을 주기 때문이다. 힘차게 외쳐본다. "Happy Birthday to Me!" 실컷 자축해야겠다. 우리는 평범하면서도 각자의 방식대로 조금씩 비범하다. 자신의 존재를 스스로 기뻐하지 않으면 다른 사람들의 축하가 무슨 의미가 있겠는가?

그리고 내 목표인 자연사를 향해 명랑하게 생을 완주해야겠다. 해피엔딩은 당연한 결과임을 굳게 믿으면서.

**일주일에 세 번, 동네문화센터에 놀러 갑니다**

**1판 1쇄 찍음**   2023년 11월 6일
**1판 1쇄 펴냄**   2023년 11월 13일

**글**       정경아

**편집**      황유라 김지향 정예슬
**디자인**    형태와내용사이
**미술**      김낙훈 한나은 김혜수 이미화
**마케팅**    정대용 허진호 김채훈 홍수현 이지원 이지혜 이호정
**홍보**      이시윤 윤영우
**저작권**    남유선 김다정 송지영
**제작**      임지헌 김한수 임수아 권순택
**관리**      박경희 김도희 이지은 김지현

**펴낸이**    박상준
**펴낸곳**    세미콜론
**출판등록**   1997. 3. 24. (제16-1444호)
          06027 서울특별시 강남구 도산대로1길 62
**대표전화**   515-2000
**팩시밀리**   515-2007
**편집부**    517-4263
**팩시밀리**   515-2329

**ISBN**    979-11-92908-58-8 03810

세미콜론은 민음사 출판그룹의 만화·예술·라이프스타일 브랜드입니다.
www.semicolon.co.kr

**트위터**     semicolon_books
**인스타그램**   semicolon.books
**페이스북**    SemicolonBooks
**유튜브**     세미콜론TV